徳 間 文 庫

南紀白浜殺人事件

西 村 京 太 郎

徳 間 書 店

目次

第一章　残酷な季節

1

木島多恵が、同僚の広田ユカから、その手紙を見せられたのは、八月の下旬だった。気味の悪い手紙が来て、怖いといわれたのである。

差出人の名前は、ない。

〈広田ユカ様

私は、ある事情があって、貴女（あなた）のことを、よく知っている者です。

私は、易（えき）をやっていますが、昨日、貴女のことを占ったところ、恐しいことに、間もなく、貴女が不慮の死を迎えると、出ました。しかも、この死は、どう努力しても、避けがたいというのです。

易をやる者は、死を予言してはいけないといわれていますが、貴女のことをよく知る私としては、黙って、見過ごすことが出来ず、こうして、お知らせする次第です。

九月は、残酷な季節です。くれぐれも、ご注意されますように。と、いっても、易から見て、貴女の死は、まぬがれ難いのですが〉

かなりの達筆だった。

そのことが、余計に、気味悪く思わせてしまう。

「あたしは、占いなんて信じないわ」

と、多恵は、ユカを安心させるように、いっておいてから、

「これは、明らかに、嫌がらせだわ。誰かに恨まれていることはないの？」

と、きいた。

「誰かって？」

「まず、考えられるのは、あなたが、冷たくあしらった男ね。あなたは、美人だし、男に

好かれるわ。でも、あなたは、好き嫌いが激しくて、はっきり、物をいう方でしょう。だから、あなたが気づかずに、男に恨まれてることだって、あると、思うわ。そういうことに、心当りはないの？」

と、多恵は、きいた。

「心当りといわれても、困るわ」

「うちの会社に、そんな男は、いないの？」

と、多恵は、きいた。

二人は、同じ短大を出て、今のR建設に、就職した。

若い男の多い会社である。

その中に、ユカに熱をあげた男が、何人かいるのを、多恵は、知っていた。

「わからないわ。こんな気味の悪い手紙を寄越す人なんか、いないと思うんだけど――」

と、ユカは、いう。

「じゃあ、あなたのマンションかな。東中野のマンションにも、あなたのことが好きな男がいて、あなたが冷たいんで、嫌がらせに、こんな手紙を書いたのかも知れないから」

「マンションの人とは、ほとんど、話をしないのよ」

「ラブレターを貰ったことは、あるでしょう？」

「ええ」

「その中に、この手紙と、字が似ている人はいない？」

「いなかったわ」

と、ユカは、いった。

それから、一週間して、ユカは、二通目の手紙が来たといって、多恵に見せた。

今度も、差出人の名前は、ない。

〈広田ユカ様

貴女の死期が近づいていることを、お知らせするのは、残念ですが、事実ですので、仕方がありません。

私には、見えるのです。

貴女が、高い断崖の上から、真逆さまに転落していくのが、見えるのですよ。私は、何とかして、それを防いで、貴女を助けてあげたいのだが、貴女の運命だから、どうすることも出来ません。

ただ、貴女が、少しでも、苦痛が少なく死ぬことを願うだけです。

〈合掌〉

「もう、完全な嫌がらせだわ」

と、多恵は、腹を立てた。

ユカは、不安げに、

「どうしたらいいか、わからないの。警察にいっても、取り合ってくれないと思うし――」

「そうね」

と、多恵は、しばらく、考えていたが、

「この手紙を、借りてっていい？」

「いいわ」

「うちの近くに、警視庁の刑事さんが、夫婦で住んでいるの。その奥さんと、日曜日なんかに、スーパーで会って、話をしたことがあるのよ。その奥さんに、相談してみるわ」

と、多恵は、いった。

2

三日後の日曜日に、多恵は、スーパーで、待っていて、目当ての奥さんを見つけると、強引に、近くの喫茶店に連れて行き、ユカが受け取った手紙を見せた。

その奥さん、十津川直子は、手紙を、二、三回、読み返してから、

「これは、恨みの手紙ね。恋の恨みかな」

と、いった。

「あたしも、そう思うんです」

と、多恵は、いった。

「よく、もてる人？」

「ええ。彼女、人の好き嫌いが激しくて、それを口にしちゃうんです」

「自分では気がつかずに、男に恨まれてるかも知れないわね」

「ええ」

「彼女、怖がってるでしょうね？」

「ええ。最初の手紙の時は、それほどでもなかったんですけど」

「前にも、同じような手紙が、来てたの？」

「ええ。文句は、覚えていたんで、書いて来たんです」

といって、多恵は、メモしてきたものを、直子に見せた。

直子は、眉を寄せて、読んでいたが、

「完全に、嫌がらせね」

「ええ」

「九月は、残酷な季節ってあるけど、今日は、もう、九月だったわね」

「九月三日です」

「どうしたらいいかしら？　主人にいっても、警察は、事件が起きないと、動けないといわれるから」

と、直子は、思案していたが、

「こうしましょう。明日、あなたの会社へ行って、このユカさんから、詳しい話をきくことにしたいの。お昼休みに、一緒に食事でもしながら、どうかしら？」

と、多恵に、きいた。

「そうしてくれます？」

「この手紙を読んで、心配になって来たのよ」

と、直子は、いった。

翌四日。直子は、午前十時半過ぎに、家を出て、新宿にあるR建設本社に出かけた。

十一時半に着き、受付で、多恵の名前をいって待っていると、彼女が、エレベーターで降りて来た。が、直子に向って、ぺこりと頭を下げて、

「すみません。ユカが、今日は、いないんです。昨夜、お母さんが急死して、そのお葬式に、故郷へ、帰ってしまったんです。戻って来たら、相談にのってあげて下さい」

と、いった。

直子も、びっくりして、

「大変だったのねえ。それなら、仕方がないけど」

「本当に、すみません」

「どう？　ご一緒に食事をしません？　この辺で、おいしい物を食べさせる店を、教えて下さいな」

と、直子は、笑顔を見せて、いった。

「あたしたちが、いつも、昼食をとっている店でいいですか？」

と、多恵はいい、直子を、近くにある天どんの店に、案内した。

近くの会社のサラリーマンやＯＬで、賑わっている店だった。

二人は、二階の座敷の隅に、押し込まれた格好で、八百円の天どんを食べた。

「ユカさんの郷里って、何処なの？」

と、直子は、箸を動かしながら、多恵に、きいた。

「南紀の白浜です」

「白浜温泉の？」

「ええ。一度、彼女に、案内して貰うことにしているんです」

「でも、ユカさんも、大変ねえ。あんな手紙を貰ったり、お母さんが、急に亡くなったりで」

「ええ」

「病気で、亡くなったの？」

「それが、わからないんです。今朝、ユカから、課長のところに電話があって、母が亡くなったので、休ませて下さいといったんだそうです」

と、多恵は、いう。

「多恵さんは、何処の生れなの？」

「あたしは、東北です。会津若松です」

「白虎隊の子孫なんだ」

と、直子が、いうと、多恵は、笑って、

「あたしの家は、ずっと、商人だったから、白虎隊とは、関係ないみたいですけど――」

「東京で、ユカさんと一緒になったのね？」

「ええ。短大で一緒になったんです。R建設にも、一緒に入って」

「ユカさんの家は、何をやってるのかしら？」

「なんでも、白浜で、魚屋さんをやってるみたいです」

と、多恵は、いった。実際に、行ったわけではないので、どんな店なのか、わからない。

「変なことをきくけど、白浜のお母さんが、亡くなったというのは、本当なんでしょうね？」

と、直子が、きいた。

多恵は、変な顔をして、

「なぜですか？」

「あんな、変な手紙のあとだから、心配になって。どうやって、確かめればいいのかしら？」

と、直子が、いった。

多恵は、急に、不安になって来て、

「調べて来ます」

と、いって、立ち上がると、店を飛び出して行った。

十二、三分して、メモを片手に、戻って来ると、

「人事課で、ユカの実家の電話番号を、教えて貰って来ました。ここに、かけて、確かめてみますわ」

と、直子に、いった。

多恵は、そのメモで、白浜にかけてみたが、戻って来ると、直子に、

「お父さんに電話して、確かめました。亡くなったのは、本当でした。なんでも、昨日、車にはねられて、亡くなったんですって。それで、ユカに電話をかけた。彼女は、飛行機で、来ると、お父さんに、いっていたそうです」

「まだ、向うに、着いてないの？」

「今日の午後六時から、お通夜というので、ユカは、それに間に合わせるように、飛行機

で、帰るといっていたそうです。一五時二五分に着く便があるので、それで、帰ってくる筈だと、お父さんは、いっていましたわ」

と、多恵は、メモを見ながら、いった。

「確か、南紀白浜は、まだ、プロペラ機しか飛んでないから、時間が、かかるんだわ。YS11で、二時間近くかかる筈だわ」

と、直子は、いった。

「行かれたことがあるんですか？」

「ええ。大阪に叔母がいるんで、二回ほど、白浜に行ったことがあるわ」

と、直子は、いった。

「いいところですか？」

「景色も、温泉も、素敵よ」

と、直子は、いってから、

「ユカさんが、また、東京に戻って来たら、電話を頂戴。いつでも、相談にのるから」

「ありがとうございます」

「ユカさんによろしくね」

と、直子は、いった。

その日の夜になって、多恵から、電話が、あった。

ひどくあわてた声で、

「ユカが、いなくなってしまったんです！」

と、いう。

「いないって、どういうことなの？」

と、直子は、落ち着いた声で、きいた。

「白浜に、行ってないんです！」

多恵は、相変わらず、大声で、いう。直子は、事情が、つかめなくて、

「ゆっくり説明して頂戴。今日、ユカさんは、飛行機で、白浜に行く筈だったわね？」

「ええ」

「そうしたら？」

「さっき、ユカのお父さんから電話があって、まだ、こちらに来ないが、知りませんかと、いうんです」

「確か、一五時二五分に着く飛行機で行くと、いうことだったわね？」

「その飛行機に、乗ってなかったの？」

と、直子は、きいた。

「わからないんです」

「わからないって」

「白浜のお父さんの方は、お通夜の準備なんかで忙しいんで、空港には、迎えには、行かなかった。タクシーで、三十分もあれば、着くと思っていたそうなんです。それなのに、いっこうに着かないんで、心配になって、東京のマンションに電話してもいない。それで、あたしのところに、電話があったんです」

「今、午後七時ね」

「ええ」

「調べてみるわ」

「調べるって、どうするんですか？」

「ユカさんが、本当に、南紀白浜行の飛行機に乗ったかどうかを、まず、調べてみるの。一時間したら、また、電話して来て」

と、直子は、いい、時刻表で、東京—南紀白浜間が、日本エアシステムで、結ばれていることを調べ、次に、羽田空港の日本エアシステム営業所に電話した。

東京—南紀白浜間は、一日、三便しか飛んでいないから、調べるのは、楽だろうと、思った。

営業所では、簡単に、乗客名簿を調べてくれた。

「ヒロタ・ユカ様なら、間違いなく、一三時四〇分東京発の385便に、乗っていらっしゃいます」

と、係の女性が、いった。

「その便が、天候の具合で、羽田に引き返したということは、ありません？」

と、直子は、きいてみた。

「今日の南紀の天候は、快晴で、385便は、定刻の一五時二五分に、南紀白浜空港に、着いております」

「飛行中に、事故があったとか、乗客の一人が急病で、向うへ着いたあと、すぐ、病院に運ばれたということは、ありませんでした？」

「そういう報告は、入っておりません」

と、相手は、丁寧だが、きっぱりと、答えた。

広田ユカの乗った385便は、無事に、南紀白浜に着いたとみていいだろう。

だが、彼女は、実家に帰っていないという。

向うの空港から、実家までの間で、何かがあったと、考えるより仕方がない。

一時間して、多恵から、電話があった。

直子は、調べた結果を、伝えてから、

「向うの警察に、すぐ、ユカさんを探して貰った方がいいわね。立派な大人の女性が、大事な時に、行方不明になるなんて、尋常じゃないから」

「ユカが受け取った変な手紙と、関係があるんでしょうか？」

と、多恵が、きく。

「あるかも知れない。だから、余計、心配なの。あなたから、実家に電話して、すぐ、地元の警察に、探して貰うように、いった方がいいわね」

と、直子は、いった。

多恵は、すぐ、連絡しますといって、電話を切った。

直子は、書棚から、南紀の観光案内を取り出して来て、ソファにもたれながら、ページを、繰っていった。

前に、行った時のことを、思い出しながらである。

白い砂で有名な、白良浜の海水浴場、野生動物や、イルカのショーで家族連れで賑わうアドベンチャーワールド、名所としては、断崖絶壁の三段壁や、特異な海岸線の千畳敷、面白い形の円月島と、直子は、思い出してきて、ふいに、不安に襲われた。

多恵の見せてくれた手紙の文面を、思い出したからだった。

〈——貴女が、高い断崖の上から、真逆さまに転落していくのが、見えるのですよ——〉

と、あの手紙の中にあった。

南紀白浜の三段壁は、太平洋に向って、数十メートルの断崖が続いている。

一時、自殺の名所といわれたこともある。自殺した人たちの霊をとむらう碑も立っている。

自殺防止用に、鉄柵を設けてはどうかという話もあったらしいが、それでは、景観を損ねるし、自殺しようという人間は、鉄柵があっても、それを乗り越えてしまうだろうということで、鉄柵は、設けられなかった。

だから、今でも、数十メートルの断崖の下を、危険を承知で、のぞき込むことが可能なのだ。

直子も、恐る恐る、足元に気をつけながら、のぞき込んだことがある。

直子は、高所恐怖症ではないのだが、それでも、怖かった。

その記憶が、手紙の一節と、嫌でも、結びついてくる。

(まさか——)

と、思いながら、その一方で、直子は、

(ひょっとすると——)

と、思ってしまうのだ。

夜おそく、夫の十津川が、帰宅したので、直子は、自分の不安を、話してみた。

「つまり、君は、そのユカという娘が、殺されるんじゃないかと、思っているわけだね？」

と、十津川は、いきなり、いった。

直子は、眉をひそめて、

「刑事というのは、即物的ないい方をするのね」

「しかし、その不安なんだろう？」

「そりゃあ、そうだけど——」

「その手紙の主が、ユカさんの行方不明に、関係しているんじゃないかというわけだ」

と、十津川は、いう。

「ええ。だから、心配しているのよ」

「地元の警察が、探してくれているんだろう？」

「そう思っているんだけど——」

「それなら、ここで、君が、心配しても、仕方がない」

と、十津川は、いった。

「冷たい人ね」

と、直子は、いう。

十津川は、苦笑して、

「ここで、やきもきしても、何にもならないだろうといってるんだよ。そうだ、十一時のテレビのニュースを見てみよう。ユカさんが、事故にでもあっているんなら、ニュースで、やるだろう」

と、十津川は、いい、テレビのスイッチを入れた。

二、三分して、午後十一時のニュースが、始まった。

〈今日も、日本列島は、猛暑の一日〉

という字が出て、今日一日の日本各地の様子が、画面に、流れ始めた。

北海道から、沖縄までである。

関西では、大阪と、京都が、取り上げられたが、南紀白浜は、画面には、出て来なかった。

「きっと、何の事件もなかったんだよ」

と、十津川は、いった。

「でも、彼女は、行方不明になってるのよ」

「それは、午後八時の時点だろう？　今は、もう、実家に帰っているんじゃないかな」

十津川は、楽天的ないい方をする。

「じゃあ、なぜ、八時まで、行方不明になってたのかしら？　大事な、お通夜だというのに――」

　と、直子は、また、眉をひそめた。

「彼女は、久しぶりに、南紀白浜に、帰ったんじゃないのかね？」

　と、十津川は、いった。

「そうだとしたら？」

「向うの空港で、何年かぶりに、友だちに会ったのかも知れない。それも、中学か、高校の親友にさ。相手は、久しぶりに会ったんだからと、彼女を、お茶に誘った。当然、二人は、話に夢中になってしまう。気がついたら、午後八時を過ぎていた。そんなことだって、考えられるんじゃないのかね」

　と、十津川は、いう。

「でも、お母さんが亡くなって、お通夜の日なのよ」

　と、直子。

「でも、彼女は、ずっと、母親と一緒にいたわけじゃないんだろう。彼女は、東京で、OLをしていた。人間というのは、不思議なものでね。ずっと、傍にいないと、母親の死でも、あまり、悲しくなくなってしまうものなんだ」

と、十津川は、いった。

「あなたは、変な手紙と、今度の一件は、関係ないと思う？」

と、直子が、きいた。

「その手紙は、多分、ユカさんに惚れたが、彼女に手ひどくふられた男が、嫌がらせで書いたものじゃないかね。普通、あんなことを書く人間は、逆に、実行力がないものだよ。相手を脅して、それで、満足してしまうものなんだ。だから、彼女が行方不明になったというのは、今、いったような、何かの手違いだと思うよ」

と、十津川は、いった。

「そうなら、いいんだけど――」

「君は、少し、心配のしすぎなんだ」

「あなたは、心配のしなさすぎだわ」

直子は、文句をいった。が、だからといって、この時間、何が出来るわけでもなかった。

第一、行方不明になっているといっても、遠い南紀白浜でのことである。

直子は、落ち着けなくて、冷蔵庫から、ビールを取り出し、それを、五本飲んでから、ベッドに入った。

3

翌朝、直子が、起きた時は、十津川は、もう、姿がなかった。

キッチンに行くと、メモが置いてあった。

〈午前六時に、殺人事件の知らせがあった。君が、眠っていたので、出かける。あとで、TELする〉

いつもは、電話があれば、どんなに疲れていても、直子は、目を覚ますのだが、今朝は、どうも、二日酔いで、駄目だったらしい。

「ゴメン」

と、呟(つぶや)きながら、直子は、バスルームに入り、シャワーを浴びた。

それで、少しは、頭が、はっきりしてきた。

十時過ぎになって、電話が鳴った。十津川からかと思って、受話器を取ると、多恵から

で、

「ユカが、まだ、見つからないんです」

と、いきなり、いった。

「ユカさんのお父さんから、電話があったの？」

と、直子は、きいた。

「ええ。お父さんから、会社の方に、電話があったんです。今日になっても、見つからないって」

多恵の声が、泣きそうになっている。

「地元の警察は、探してくれているんでしょう？」

「お父さんが頼んで、探して貰っているとは、いってました」

「どうしたのかしらね。昨日の、南紀白浜行の飛行機に乗ったことは、間違いない筈だと思うんだけど」

「あたし、早退して、白浜へ行って来ようと、思っています」

「行って、どうするの？」

「向うで、ユカを探します」

「飛行機で、行くのね？」

「はい。ユカが乗ったのと同じ、一三時四〇分の飛行機に乗ろうと思ってます」

「そう。じゃあ、私も、一緒に行くわ」

と、直子は、いった。

「本当ですか？」

「ええ。久しぶりに、南紀白浜に行ってみたくなったわ」

と、直子は、いった。

羽田で、会う時間を決めてから、電話を切ると、すぐ、また、かかった。

今度は、夫の十津川だった。

「練馬で、中年の男が殺された事件でね。今日は、帰れないかも知れない」

と、十津川は、いう。

「私も、今日は、出かけます。南紀白浜へ、行って来ますわ」

「例の、ユカという娘の件か？」

「ええ。まだ、彼女、見つからないんですよ」

「しかし、君の責任じゃないだろう？」

と、十津川は、いう。

「でも、関係はしてますからね。とにかく、行って来ます。ユカさんの友だちの娘さんと一緒です。向うへ着いたら、連絡しますわ」

と、直子は、いい、さっさと、電話を切ってしまった。

一度、決心をしてしまうと、誰が、何といおうと、まっすぐに、突進するのが、直子のやり方である。

電話で、南紀白浜への航空券を予約してから、旅行のしたくをした。向うで、すぐ、ユカが見つかればいいが、見つからなければ、何日か、いることになるかも知れない。

羽田空港で、多恵と会った。彼女は、会社から、直接、来たのだという。

YS11に乗るのも、直子には、久しぶりだった。

ジェットに比べると、やはり、機内が狭いし、音がうるさい。

しかし、プロペラ機の良さもある。

今日は、雲のほとんどない状況なので、低空を飛ぶ機内から、地上の景色が、よく見える。

ほとんど、満席だった。それでも、座席定員は、六十四人である。

直子は、多恵の持って来たユカの写真を、スチュワーデスたちに見せて、昨日の、同じ便に、乗っているのを、見なかったかどうか、きいてみた。

乗客名簿にあっても、必ずしも、本人が乗っているとは、限らないと、思ったからだった。

スチュワーデスは、ニッコリして、

「この方なら、昨日の385便に、乗っていらっしゃいましたよ」

と、いった。

それに、予約しておいて、キャンセルした人もいなかったと、いう。

「これで、彼女が、南紀白浜へ行ったことだけは間違いないわね」

と、直子は、多恵に、いった。

定刻より、七分おくれて、二人を乗せたYS11は、南紀白浜空港に着いた。

今、ジェット機が着陸できるように、空港の改造が、行われていた。

改造といっても、地形的に、今の滑走路を延ばすことが出来ないので、近くに、新しい空港を作っているところだった。

小さいロビーには、新しい空港のポスターが、誇らしげに、貼(は)られている。

二人は、タクシーを拾い、ユカの実家に向った。

白良浜から、円月島に向う途中の海沿いにある鮮魚店だった。

土産物店も兼ねている大きな店である。

その店が、今日は、閉店していて、忌中になっていた。

直子と、多恵は、ユカの父親に会った。

五十歳だという父親は、疲れ切った顔で、

「参りました。家内が、亡くなったと思ったら、今度は、娘が、行方不明ですからねえ。警察も、一生懸命、やってくれているんだけど、まだ、見つかりません」

と、二人に、いう。

「全く、連絡がないんですか？　ユカさんから」

と、直子は、きいた。

「ええ。ぜんぜん、ありません」

「じゃあ、誘拐でもないんだわ」

と、直子は、呟いた。

父親は、びっくりした顔で、

「誘拐？」

「ここの警察だって、きっと、誘拐かも知れないと、思った筈ですよ。でも、今まで、何の連絡もないところをみると、それは、違うと、思うしかないし——」

と、直子は、いった。

とにかく、直子と、多恵は、白浜に泊って、ユカを探すことになった。

ユカの父親がすすめてくれたホテルに、部屋を取った。

「これから、どうしたらいいんでしょう？　やみくもに探しても仕方がない気がして——」

と、多恵は、いう。

「そうね。どうしたらいいか」

と、直子は、考えていたが、

「ここの警察に行って、どこを、どう調べてくれたか、きいてみましょうよ。そのあとで、警察が調べなかった場所を、探してみましょう」

「でも、警察が、教えてくれるでしょうか？」

「当ってみなければ、わからないわ」

と、直子は、いった。

直子は、白浜警察署の場所をきき、タクシーで、多恵と出かけた。

白浜温泉と、JR白浜駅とは、かなり離れている。

白浜警察署は、その途中にあった。

直子は、受付で、ユカの知り合いだと告げ、彼女の捜索状況を、教えて欲しいと、頼んだ。

拒否されたら、夫に電話して、説得して貰おうと思ったのだが、吉田というベテランの刑事が出て来て、白浜の地図を広げて、捜索の状況を、説明してくれた。

「まず、広田ユカさんが、南紀白浜空港に、一五時二五分着の飛行機で着いたことは、間違いない。そこで、空港で、タクシーに当ってみました。彼女の写真を見せてね。ところが、彼女を、当日、乗せたタクシーは、見つからんのです。と、いうことは、彼女は、空港から、タクシー以外の車に乗ったことになる。まさか、実家まで、歩いたということは、考えられませんからね」

「他の車って、どういうことですか？」

と、多恵が、緊張した顔で、きいた。

「いろいろ、考えられますよ。彼女の実家は古くから、白浜で、鮮魚店をやっているから、知り合いが多い。たまたま、空港に来ていた知り合いの車に、乗せて貰ったということも考えられます」

「それで、車は、わかったんですか？」

と、直子は、きいた。

「広田さんの知り合いに、片っ端から、当ってみました。だが、今までのところ、彼女を車に乗せたという人物は、おりません」

と、吉田刑事は、いった。

「それで、他に、どう捜索を？」

「誘拐ではないかということも考えました。しかし、それなら、もう、身代金要求の電話なり、手紙なりが、広田家に届いていそうなものですが、それもない。そこで、男に連れ去られたのではないかということも考えました。彼女が乗った飛行機は、ほぼ満席で、空港では、タクシー待ちになったと思われるのです。そこで、ナンパでもしてやろうという男が、彼女に声をかけたということが、考えられます。自分の車で、送りましょうといわれ、急いでいた彼女は、その車に乗ってしまったのではないか。その男が、複数で、悪い連中なら、彼女を脅して、今も、連れ歩いている可能性があります。そこで、白浜署では、十五人の捜査員を動員して、白浜周辺のホテル、旅館、ペンション、それに、最近、多くなっているリゾートマンションを、片っ端から、調べて廻りました。しかし、見つかりませんでした」

と、吉田刑事は、いった。

「他には、どんな場所を、探して下さったんですか？」

と、多恵は、きいた。

「どんな所というより、警察としては、何があったのかと、考えたわけです。となると、残るのは、何かの事件に巻き込まれたか、或いは、交通事故にあったかということになります。しかし、白浜で、事件といったものは、起きていません。交通事故で、はねた人間が、逮捕されるのを嫌がって、はねた被害者を、自分の車にのせて、逃げてしまうことは、時たま、あります。しかし、彼女は、空港から、まっすぐ、実家に行くつもりでいたわけですから、何処かを歩いていて、車にはねられるということは、考えにくいのです。従って、このケースも、あり得ないと、断定したわけです」

と、吉田刑事は、いった。

「では、もう、探しようがないということですの？」

と、直子は、きいた。

「この白浜の交番には、広田ユカさんの写真を配布して、掲示してありますし、ホテル、旅館などにも、写真を配り、協力を要請しています。今のところ、これ以上のことは、不可能です」

と、吉田刑事は、いった。

4

直子と、多恵は、白浜警察署を出た。

「警察は、もう、何もやってくれないみたい」

と、多恵は、泣きそうな顔で、いった。

直子は、慰めるように、

「仕方がないわ。それでも、ずいぶん、探してくれたと思ってるのよ。まだ、はっきりした事件になってはいないんだから」

「でも——」

「とにかく、私たちで、探してみましょうよ。動き廻らなければいけないから、レンタカーを借りましょう」

と、直子は、いった。

JR白浜駅へ行き、その近くのNレンタカーの営業所で、直子が、白のカローラを、借りた。

多恵も、免許があるというので、交代で運転することにした。

まず、直子が、運転することにして、二人は、レンタカーの営業所で貰った南紀の地図を広げた。

「探すとなると、白浜周辺だけでも、広いわね」

と、直子は、いった。

「何処を探したらいいんでしょうか？」

と、多恵が、きく。

「最初に海岸線を、走ってみたいわ」

と、直子は、いって、エンジンをかけた。

冷房がきいてくる。

九月上旬といっても、まだ、陽射しは、強烈だった。

さきほどの白浜警察署の前を通り、白良浜に出た。

白浜一の海水浴場といわれるこの浜も、さすがに、夏の終りに近づいて、海水浴客の姿も、まばらになっていた。

陽射しはまだ強いのだが、海水は、温かさを失っているのかも知れない。

直子は、いったん、ここで、車をとめて、海に眼をやっていたが、助手席の多恵に、

「縁起でもないといわれるかも知れないけど、これから三段壁に行ってみたいと、思っているのよ」

と、いった。

「縁起でもないって、何のことですか？」

と、多恵が、きく。

「三段壁って、知らない？」

「白浜は、初めてなんです」

「断崖の続く場所。何十メートルもの断崖。自殺の名所なの」

と、直子は、いった。

「ああ」

と、多恵は、気付いて、

「ユカが受け取った二通目の手紙のことですね？」

「そう。あれに、断崖から転落するところが見えると、書いてあったでしょう。縁起でもないと思うんだけど、気になってね」

と、直子は、いった。

「怖いけど、行ってみたいと思います」

と、多恵は、いった。

「じゃあ、行きましょう。私も、最近の三段壁が、どうなっているのか、知らないのよ」

と、直子は、いって、アクセルを踏んだ。

二人を乗せたカローラは、ホテルや、リゾートマンションの並ぶ海岸通りを、走り抜けて行く。

途中から、海岸を少し離れる。途中で、三段壁の標識が見え、それに従って、車は、右に折れた。

三段壁を見物に来る観光客目当ての、土産物店が、並んでいる。

その途中で、車をとめ、その先は、歩いて行くことになった。

急に、眼の前に、切り立った断崖が、現われる。

「前と、少し、違ってるわ」

と、直子は、いった。

前にはなかった展望台が、作られていたのだ。

コンクリートの柵が設けられた、狭い展望台で、そこに出ると、長く続く断崖が、よく見えた。

二人は、その展望台に行ってみた。数十メートルの切り立った断崖と、その下に、白く泡立つ波頭が、よく見える。

「怖いわ」

と、多恵が、小さく呟いた。

急に、若い女の嬌声(きょうせい)が、聞こえた。

断崖の上に、五、六人の若い女のグループがいて、恐る恐る下をのぞき込んで、声をあげているのだ。

長く続く断崖の上には、柵がなくて、危いのだが、怖いもの見たさで、彼女たちは、下をのぞいているのだ。

「あそこから落ちたら、助からないでしょうね」

と、多恵が、青い顔で、いった。

「下まで、おりてみましょうか?」

と、直子が、いった。

「おりられるんですか?」

「断崖の一カ所に、洞穴があって、そこまでエレベーターがある筈なの」

と、直子は、いった。

二人は、エレベーターに乗り、断崖の下の洞穴まで、おりて行った。

急に、空気が、しめっぽくなった感じだった。

洞穴の中は、遊歩道のようになっている。洞穴の入口まで歩いて行くと、そこには、柵があって、その傍まで海水が、入って来ていた。

満潮になれば、なだれ込んでくる海水はもっと、増えるのだろう。

その時には、注意して下さいという掲示板があった。

急に、風が強くなったのか、洞穴に流れ込んで来る海水が、ざわつき始めた。

多恵は、急に、怯（おび）えたような表情になって、

「何だか怖い。戻りましょう」

と、直子に、いった。

波しぶきが、柵を越えて、遊歩道にも、振りかかってくる。

「そうね。戻りましょうか」

と、直子も、いった。

二人は、エレベーターの方に歩き出した。が、その時、同じエレベーターで、洞穴におりて来ていた若いカップルが、何か、さわぎ始めた。

直子は、はっとして、戻りかけていた足を止めた。

カップルは、柵の外に身を乗り出すようにして、何かしている。

多恵も、振り返って、注目した。

（ひょっとして、死体が——）

と、直子も、多恵も、思ったのだ。

カップルの男の方が、海面から、何かを、拾いあげた。

白いハンドバッグだった。

女の肩から、ショルダーバッグが下っているところをみると、彼女が、海に落としたのを、男が、拾いあげたのでは、ないらしい。

「MCMよ」

と、女が、男の拾いあげたバッグのブランド名を、いっている。

「ユカの好きだったハンドバッグ――」

と、多恵が、呟いた。

「本当？」

と、直子が、きっとした顔で、聞いた。

「ええ。ユカは、MCMが好きで、バッグや、腕時計なんかも、持ってるんです」

と、多恵は、いった。

直子は、つかつかと、カップルの傍へ行き、

「すみません。そのバッグを見せてくれません？」

と、声をかけた。

男も、女も、二十二、三歳といったところだろう。

「あんたのバッグか？」

と、男が、きいた。

「私のじゃないけど、知り合いの女の子のものと似ているの。実は、その娘は、今、行方不明になっていて、警察も、探しているの。もし、それが、彼女のものだったら、大変な手がかりになるわ」

と、直子は、いった。

カップルは、顔を見合せている。そのまま、持ち去ろうと思ったのに、何だか、面倒なことになりそうだなという、戸惑いの表情が、読み取れた。

「本当かい？」

と、男が、きいた。

「本当なんです。見せて下さい」

と、多恵が、必死の顔で、いった。

カップルは、黙って、ハンドバッグを、差し出した。

白いＭＣＭのハンドバッグは、海水で重くなり、小さな海藻が、付着している。

多恵が、その場に、しゃがみ込んで、緊張した指先で、ハンドバッグを、開けた。

海水にぬれた、中身を、一つ一つ、取り出していった。

財布、ハンカチ、口紅——と、出て来て、多恵の手が、運転免許証を、取り出した。

多恵の顔色が、変る。

「ユカだわ」

と、多恵が、小さく叫んだ。

直子も、その免許証を、手に取ってみた。

確かに、広田ユカの名前があり、彼女の写真が、貼られている。

「ちょっと——」

と、カップルの女の方が、直子と多恵に、声をかけてきた。

「——？」

直子が、黙って、相手を見た。

「あたしたちは、あんたたちのいう友だちのことなんか、ぜんぜん、知らないわ。だから、信用できないし——」

と、女は、いう。

「わかったわ」

と、直子は、いい、ぬれて重い財布の中身を調べた。

七万六千円入っていた。

直子は、それを、カップルに、見せてから、自分の財布から、七万六千円を取り出し、

「これと、拾ってくれたお礼に、一万円つけるわ。これで、このハンドバッグを、渡して貰いたいの。私たちは、警察に届けるわ。それでも、駄目なら、一緒に、警察に行って下さる？」

と、いった。

男の方が、あわてて、直子の差し出した金を、もぎ取ると、

「おれたち、忙しいんだ。警察に届けるのは、あんたたちに委せるよ」

と、いって、女と、エレベーターの方に、駈け出して行った。

直子は、小さな溜息をついた。

多恵は、青い顔で、

「ユカは、どうしちゃったんでしょう？」

「まだ、何もわからないわよ」

と、直子は、いった。

「でも、ユカのハンドバッグが、海に落ちていたということは――」

「ハンドバッグだけ、海に落としてしまったのかも知れないわよ。とにかく、警察に、届けましょう。それに、彼女の実家にも、知らせなきゃあ」

と、直子は、いった。

二人は、エレベーターで、地上に出ると、車で、白浜警察署に向った。

そこで、吉田刑事に会い、ＭＣＭのハンドバッグを、見せた。広田ユカの運転免許証を見ると、吉田は、

「三段壁の周辺を、調べてみましょう。広田ユカさんを、見かけたという人間が、見つかるかも知れない」

と、いった。

直子は、署内の電話をかりて、ユカの父親にかけた。

直子が、三段壁の洞穴の海中から、ユカの免許証の入ったハンドバッグが見つかったと告げると、父親は、

「なぜ、そんなところに――」

と、いった。

確かに、それが、問題だった。

（なぜ、三段壁に、ユカのハンドバッグが、あったのか？）
それがわかれば、ユカの行方も、わかるかも知れない。

第二章　通報者

1

練馬区石神井に広がる団地の一角、五階建のマンションの501号室で、その死体は、発見された。

九月五日の早朝のことだった。

未明に、女の声で、一一〇番があった。

「練馬の石神井のS団地で、人が殺されています」

と、いきなり、いう。

「詳しく、話して下さい」

「S団地の第三棟の501号室です、早く行って下さい」

「あなたの名前は？」

「あたしの名前なんか、どうでもいいじゃないの。早く行って！」

女は、それだけいって、電話を切ってしまった。

一一〇番は、掛けた人間が、切っても、つながったままになっている。

従って、女が、一一〇番したのは、石神井公園駅近くの公衆電話ボックスから、掛けたことはわかった。

警察は、念のために、石神井のS団地にパトカーをやり、第三棟の501号室で、死体を発見したのである。

2DKの一番奥の六畳の和室だった。

布団が敷かれ、その上で、四十歳くらいの小柄な男が、パジャマ姿で、死んでいた。

後頭部を、鈍器のようなもので、殴られた上、背中を刺されている。

血が、白いパジャマを染め、布団にも、飛び散っていた。

ドアの錠は、開いていたと、最初に駈けつけた警官は、証言している。

死んでいたのは、この部屋の住人、近藤真一、三十九歳と、わかった。

検死官の中村は、

「死亡したのは、昨日の午後十時前後だろうね」

と、十津川に、いった。

「凶器は、どんなナイフかわかりますか？」

「切口の大きさから見て、細身のナイフではなく、巾の広い、出刃包丁みたいなものだな」

と、中村は、いってから、

「奥さんは、元気かい？」

「今日は、南紀白浜に行っている筈です」

「旦那が、死体と格闘しているのに、奥さんは、温泉か」

と、中村は、笑った。

十津川も、苦笑しただけである。妻の直子が、白浜に、遊びに行ったのではなく、生来のお節介好きで、人助けに行ったのを、知っていたからである。

殺された近藤は、練馬区役所に勤めていることがわかり、十津川は、すぐ、西本と日下の二人の刑事を、話を聞きに行かせた。

残った刑事たちは、2DKの部屋を調べて、容疑者に結びつくものを探すことになった。

机の引出しを調べていた三田村刑事が、

「ちょっと、見て下さい」

と、十津川を、呼んだ。

三田村が、開けた引出しに、白い封筒が、束になって、入っていた。

封筒だけではなかった。便箋が、八冊、それに、八十円切手が、シートのまま、これも二十シート近く見つかった。

なお、机の上には、赤いスタンプ台の横に、小さなボール箱が置かれ、その中に、「速達」「親展」のゴム印が、入っていた。

筆立てには、サインペンと、ボールペンが、三十本近く、押し込むような格好で、立っている。

「手紙を書くのが好きな男だったんだな」

と、十津川は、呟いた。

「そのくせ、来ている手紙は、ほとんど見つかりません」

と、三田村は、いった。

もう一つ、近藤の趣味らしきものが、見つかった。

それは、カメラだった。

カメラは、二台しか見つからなかったが、レンズ交換可能な、カメラの方には、プロが使うような、二〇〇〇ミリの望遠レンズまで、用意されている。

もう一つは、ズームつきの小さな、EEカメラだった。

他に、簡単な現像、引伸しの器具も、見つかった。

こうしたカメラなどを見ると、当然、現像ずみのネガフィルムが、沢山ある筈なのだが、いくら探しても、一つも、見つからなかった。

近藤が、どこかへ隠したのか、それとも、彼を殺した犯人が、持ち去ったかのいずれかだろう。

十津川は、管理人に、聞いてみた。

「近藤さんとは、ほとんど話をしたことが、ないんですよ」

と、管理人は、ぶぜんとした顔で、いった。その表情から、近藤に対して、良い印象を持っていないことが、感じられた。

「しかし、時々、顔は、合せていたんでしょう?」

と、十津川は、きいた。

「そりゃあねえ、でも、こっちが、あいさつしても、黙って通り過ぎる人でしたからね」

と、管理人は、いった。

この団地には、自治会があるのだが、近藤は、全く、会の集りには出席せず、非協力的だったという。

「近藤さんは、独身だったんですか？」

と、亀井が、きいた。

「四年前に、入居した時は、奥さんがいたんですよ。それが、一年ぐらいして、奥さんが、いなくなって、離婚したと、聞きましたよ」

と、管理人は、いった。

練馬警察署に、捜査本部が、設けられた。

2

区役所に、話を聞きに行っていた西本と、日下の二人が、戻って来た。

「近藤は、国立大学を出て、区役所に入りました。三十九歳ですから、当然、課長か、課長補佐になっていておかしくないんですが、現在の地位は、閑職の文書課の主任です」

と、西本は、いった。

主任といっても、部下はなく、ひとりで、書類の整理をしていたという。

「なぜ、そんな地位にいたんだ？」

と、十津川は、二人に、きいた。

「上司の話では、まず、働く意欲が感じられないのだということでしたね。民間会社なら、とっくに、馘になっていたろうと、いっていました」

と、日下は、いった。

「上司は、結婚すれば、がんばるようになるだろうと思い、四年前に、見合いさせ、仲人もしたのに、いつの間にか、離婚していて、その報告もしないと、怒っていました」

と、西本が、いった。

「最初から、そんな感じの男なのかね？」

と、亀井が、きいた。

「大学を出て、区役所に入った頃は、普通の新人といった感じだったそうです。それが、三十歳近くなって、どうも、無気力な感じになったということです」

と、日下は、いった。

「区役所の中に、親しい友人は、いなかったのかね？」

「どうも、いなかったようですね。一緒に、飲みに行くようなこともなかったし、何かのパーティーがあっても、ひとりで、さっさと帰宅してしまったようです」

と、日下は、いった。

「孤立していたということか――」

「そうですね。区役所では、孤立していたと思います」

と、日下は、いった。

マンションの部屋には、ウィスキーや、ビールは、見つからなかった。

冷蔵庫を調べたが、普通なら、缶ビールの、四、五本は入っていてもよさそうなものなのに、それが、見つからない。

その代りに、灰皿には、吸殻が、何本もあったし、マイルドセブンが、ツーカートン、見つかっている。

酒は、飲まないが、煙草は、よく吸う男だったのだろう。

そして、カメラに凝り、手紙を書くのが好きだったに違いない。

「オタクという感じですね」

と、三田村が、十津川に、いった。

「彼が、どんな写真を撮り、どんな手紙を書いていたかが、問題だな。それが、殺された理由かも知れないからね」

と、十津川は、いった。

机の引出しからは、銀行の通帳が見つかった。

それを見る時に、十津川は、期待を持っていた。

ひょっとして、近藤が、カメラや、手紙を使って、ゆすりのようなことをしていたのではないか、殺されたのは、そのためではないかと、思ったからである。

しかし、N銀行練馬支店のその通帳には、給料の振り込み以外、これといった振り込みの記入はなかった。

ただ、同じ引出しの奥の方から、七十七万円の札束が、見つかった。

帯封の輪が、ゆるくなっているところをみると、もともと、百万円の札束だったのだろう。

預金通帳を見ると、百万円と、まとめて、引き出した形跡は、なかった。

と、すると、近藤が、競馬か競輪で、儲けたということが考えられるのだが、今までに調べた近藤の人間像から見て、バクチをやるとは、考えにくかった。

残るのは、宝くじに当ったということだが、それなら、札束の帯封は、第一勧銀になっているのではあるまいか。見つかった帯封は、M銀行のものである。

「やはり、ゆすりをやっていたんですよ」

と、亀井は、いった。

「だが、あまり、大きなゆすりではなかったようだな」

と、十津川は、いった。

七十七万円以外に、現金は、見つからなかったし、部屋の中には、カメラ以外に、高価なものは、発見できなかったからである。

近藤の顔写真を見ると、真正面から、見すえていなくて、あらぬ方を見ていた。

十津川は、五枚の写真を、手に入れたのだが、全て、そんな感じだった。

気が弱そうにも見えるし、ずる賢こく、周囲の様子を窺っているようにも見える写真だった。

ゆすりというと、サングラスをかけ、声を荒らげる大男の姿が、浮んだり、或いは、冷静で、冷酷な、機械的な声を想像するのだが、近藤の場合は、どうも、少し違う感じがする。

十津川が、想像できる近藤の姿は、ひとりで、机に向い、買いためてある便箋に、こつこつと、脅迫文を書いている、孤独な中年男の姿である。

そして、これも買いためた封筒に入れ、切手を貼り、時には、速達の赤いゴム印を押し、郵便ポストに入れにいく。

多分、小さな噂話を耳にしたり、たまたま、人の傷口を写真に撮ったりする度に、一生懸命に、脅迫の手紙を、書いていたのだろう。

そのほとんどは、無視されてきたが、たまたま、相手が怯えてくれて、百万円が、手に入った。

そんなことではないかと、十津川がいうと、亀井が、

「そんなケチなゆすりばかりしていたのなら、殺されることは、なかったんじゃありませんか？」

と、いう。

「カメさんは、どう考えるんだ」

と、十津川は、きいた。

「これは、飛躍した考えかも知れませんが、彼は、ゆすりの代筆をしていたんじゃないかと、思うんです」

と、亀井は、いった。

「ゆすりの代筆？」

「ゆする場合、一番困るというか、弱みは、手紙の場合は、筆跡、電話を使う場合は、声でしょう。犯人は、それに、一番苦労するわけです。わざわざ、活字を雑誌なんかから、切り抜いて、貼りつけたりします。それでも、わかってしまうことがある。それなら、代筆をする人間がいれば、一番楽なわけです。別に、筆跡を隠す必要はないし、電話の声に細工する必要はない。ゆすられる人間の関係者を、いくら調べても、見つかりませんからね」

「カメさんのその考えは、大変、面白いがねえ」

「とっぴすぎますか？」

「ああ。第一、近藤は、別に、ゆすり代筆業の看板をかけてたわけじゃない。ゆすりの犯人は、どうやって、近藤を選び、ゆすりを頼むんだ？　そこが、わからないよ」

と、十津川は、いった。

「そうなんです。ただ、代筆をやっていたとすると、けちな男なのに、殺された理由がわかりますし、百万円の札束があったことも、理解できます」

と、亀井は、いう。

確かに、その点は、亀井のいう通りだと、思った。

大きなゆすりの代筆というか、代行を、近藤がやった。それで、百万もの大金が、その謝礼として、渡された。

それで、近藤は、急に欲が出た。もっと、金を呉れとでもいい、相手に、殺されてしまった。

そう考えると、このオタク人間が、殺された理由が、納得できる。

だが、とっぴで、現実性がないのも、事実だった。

その日の捜査会議でも、三上本部長は、亀井の考えを、信頼性がないと、一蹴した。

ただ、近藤が、こつこつと、けちなゆすりをやっていたのではないかという考えは、三上も、支持した。

百万円の札束。便箋や封筒、切手。二〇〇〇ミリの望遠レンズ。それなのに、肝心のネガフィルムが、全く無かったこと。

それらが、ゆすりを、連想させるからである。

聞き込みが、丹念に、続行された。

その結果、わかったことが、いくつかある。

一つは、近藤が、区役所内で、出世の意欲を失い、友人、同僚、それに上司とのつき合いが悪くなり、孤立していった理由である。

もともと、近藤は、ひとりで、小説を読んでいるのが好きで、あまり、つき合いのいい人間ではなかったが、彼が、自分の殻に閉じ籠ることになったと思われる事件が、わかったのである。

区役所の方では、話したがらなかったが、近藤が三十歳の時、所内で、怪文書事件が起き、その標的にされたのは、なぜか、近藤だった。

〈近藤真一は、二重人格者だ。

優しい顔をして、猫なで声を出しているが、そんなものは、見せかけの仮面である。

彼は、先月、新宿で呑んでいて、その店のホステスを、殴りつけて重傷を負わせて、逃げている。それも、そのホステスが、彼の下手な冗談を無視したので、かっとして、殴りつけたという、乱暴極りない理由でである。

彼の蛮行は、これだけではない。彼の住むマンションでは、同じ階の子供が、近藤に殴られて、頭を七針縫う重傷を、負っている。その子の母親は、うちの子は、何もしないのに、いきなり殴りつけた。あんな人のいるところには、怖くて、住んでいられないと、この家族は、引っ越してしまった。公的機関である区役所は、こんな危険人物を使っていていいのか。直ちに馘首すべきだ〉

〈区役所職員が、幼児にいたずら！

このところ、幼児へのいたずらが、頻発していて、子供を持つ母親たちを、恐怖に落とし入れている。

警察も、必死に、犯人を探しているが、なかなか、逮捕に到らなかった。しかしここに来て、有力な容疑者が、浮んできた。その容疑者は、驚いたことに、区役所職員のS・Kである。

S・Kは、もちろん、否定しているが、被害にあった幼児たちの証言を、覆えすことは出来そうもない。幼児たちの証言によると、犯人は、白の車に乗り、タレントのTに似た、身長一七五、六センチの男である。S・Kは、この人物像に、ぴったり一致するのである。

被害者の幼児二人に、S・Kの写真を見せたところ、犯人は、このおじさんだと、二人ともいっている。これを、本人は、どう受け取るのか〉

他にも、怪文書はあったらしいが、今、残っているのは、この二通だけだった。いずれも、近藤真一を、誹謗（ひぼう）する文書である。

「なぜ、近藤が、この時期、これだけ、怪文書の攻撃を受けたんだ？」

と、十津川は、きいた。

怪文書を見つけて来た西本と、日下は、

「それが、どうも、はっきりしないのです。女性関係が、原因だという説もありますし、人違いされて、誰かに恨まれたのではないかという話もありますが、いずれも、はっきりしません。ただ、この怪文書騒ぎから、近藤が、一層、人嫌いになり、出世意欲が無くなったんじゃないかと、思われるのです」

と、西本が、いい、日下が、続けて、

「ひょっとすると、近藤は、この時、怪文書の怖さを骨身にしみて、逆に、自分が、その作者になって、作ってやろうと思ったんじゃないかと思うんです」

「この二つの怪文書だがね。書いてあることは、本当なのかね？」

と、亀井が、きいた。

「当時、練馬署で調べたようですが、でたらめだったそうです。例えば、子供が、近藤に殴られるので、怖くなって、引っ越したという主婦の訴えですが、調べてみると、夫の勤務の都合で、引っ越したことが、わかったそうです」

と、西本が、いった。

「幼児へのいたずら事件の方は、どうだったんだ？」

「これは、結局、犯人は見つからなかったんです。しかし、近藤が犯人というのは、嘘ですね。近藤は、確かに、タレントのTに似ていますが、Tというのは、どこにでもいる平凡な顔で、売っているわけだから、たいていの男が、Tに似ているんですよ。それに、被害者の幼児に、近藤の顔写真を見せたということも無かったと、練馬署では、いっていましたね」

と、西本は、笑った。

「嘘でも、そんな噂が流れれば、人間は、傷つくわけだな」

と、十津川。

「そうなんです。デマだろうと思っていても、ひょっとしてという眼で、怪文書にやられた人間を見るようになってしまいます。近藤も、この時、区役所内で、ずいぶん、不利益な扱いを受けたようで、それが、出世欲を失わせたことにも、つながっていると思います」

と、日下が、いう。

「それで、オタクになって、今度は自分が、怪文書を書く側に、廻ったわけだな？」

と、亀井が、いった。

「少し違うと思います」

と、西本が、いった。

「少し違うというのは？」

「怪文書というと、何枚もコピーして、それを、ばらまくわけですが、今いった事件の後、区役所や、区内で、怪文書が、出廻ったことはないそうなんです。ですから、近藤は、こつこつと、個人攻撃みたいな手紙を書いて、投函していたんじゃないかと思います」

と、西本は、いった。

「区役所の人間で、そんな手紙を受け取った者がいるのか？」

と、十津川が、きいた。

「いるのかも知れませんが、確証はありません。それより、区内に住む一般の区民の中に、何人か、それらしい手紙みたいなものを貰って、交番に届けた人間がいるみたいです」

「それらしいというのは？」

「例えば、よくはやっているパン屋の主人のところに、お前の店で買ったパンで、十何人かが、食中毒にかかって、病院に運ばれたぞといった手紙が来ているといったことがあります」

「嫌がらせか」

「そのパン屋の主人は、てっきり、競争相手が、犯人だろうと思ったようです。しかし、その競争相手にも、同じような嫌がらせの手紙が、来ていたんです」

「近藤が、その犯人というわけか？」

「ではないかと、思うのです」

「筆跡を調べれば、わかるな」

「それが、いまいましい手紙だというので、焼き捨ててしまったというのです。ただ、かなりの達筆だったと、いっています」

と、日下が、いった。

「近藤が書いたものを、そのパン屋の主人に見せて、感想を聞いて来てくれ」

と、十津川は、いった。

西本と、日下の二人は、区役所に行き、近藤が書いた文書を借りて、パン屋の主人に、見せに行った。「答は、こうです。よく似ているが、自信はないといっていました」

と、西本は、帰って来て、十津川に、報告した。

3

近藤は、最初の中(うち)、ゆするというより、嫌がらせの手紙を、書いていたらしいと、十津川は、考えるようになった。

匿名の手紙を送りつけ、相手が、怒り狂うのを、遠くから見て、楽しむ。そんなことを、していたのではないか。

それが、ゆすりに、変ったのだろうか？

（違うようだ）

と、十津川は、思った。

「カメさんの推理が、当っているような気がするね」

と、十津川は、亀井に、いった。

「誰かが、近藤を使って、ゆすりをやったということですか？」

「そうだよ。近藤は、小心な男だったようだから、匿名という隠れ蓑の中から、嫌がらせの手紙を書いては、相手に、送りつけていたが、ゆすりをやるだけの度胸は、なかったんだと思う。だが、それを、何回も、繰り返していれば、いつか、ばれてしまうだろう。嫌がらせの手紙の主が、近藤真一だと気付いた人間が、一人いた。だが、この人間は、警察に通報する代りに、近藤を脅して、彼に、脅迫の手紙を、書かせた」

「その報酬が、百万円ですか？」

「そうではないかと思う」

「すると、近藤を殺したのは、その人間ということになって来ますね」

「近藤が、百万という大金を貰って、もっと欲しくなって要求したのか、それとも、純粋に、口封じか、どちらかの理由で、殺されたんじゃないかな」

と、十津川は、いった。

だが、その人間の手がかりらしきものは、今のところ、何もない。

十津川が、夕食をとっているところへ、妻の直子から、電話が、かかった。

「今、構わない？」

と、直子が、いう。

「ああ、夕食をとっているところだから、構わないよ」

「私ね、まだ南紀白浜にいるの」

「人探しに行った筈だったね？」

と、十津川は、思い出しながら、いった。

「ええ。広田ユカというＯＬが、行方不明になったので、白浜へ、探しに来たんだけど――」

「思い出したよ。それで、見つかったのか？」

「彼女のハンドバッグだけ、見つかったわ」

「どういうことなんだ？」

「白浜の断崖の下の海中から、ハンドバッグが見つかったんだけど、肝心の彼女は、いまだに行方不明。死んで、沖に流されたのか、彼女が、たまたま、ハンドバッグを、崖の上から落としてしまったのか、わからないのよ」

と、直子は、いった。

「しかし、たまたま、ハンドバッグを、海に落としたのなら、彼女は、そのことを、警察に届けているんじゃないのか？」

と、十津川は、いった。

「ええ。そう思って、こちらの警察に、話を聞いたんだけど、広田ユカという娘は、届けてなかったわ」

「あまりいい状況じゃないね」

と、十津川は、いった。

「そうなのよ。何かの事件に巻き込まれて、どこかへ、誘拐されてしまったのか、嫌な想像だけど、もう死んでいるかのどちらかと、思ったりしているんだけど」

「県警には、話したのか？」

と、十津川は、きいた。

「一応は、話したけど、事件との関係がはっきりしないから、捜査は出来ないといわれたわ」

　と、直子は、いう。

「そうかも知れないな」

「だから、もうしばらく、ここにいて、調べてみたいの。構わない？」

「いいけど、気をつけなさい。その娘さんが、事件に巻き込まれたのなら、君も、危険にさらされかねないからね」

　と、十津川は、いった。

「注意するわ。それで、一つお願いがあるの」

「そちらの県警が、捜査できないものを、警視庁が、調べるわけにはいかないよ。それは、わかって貰いたいね」

　と、十津川は、釘を刺した。

「わかってるわ」

　と、直子は、電話の向うで、肯いてから、

「広田ユカさんが、行方不明になる直前に、うす気味の悪い手紙が来ていたの。それは、彼女が、東京にいた時、受け取っていたものなんだけど、ＦＡＸで、その中の一通を送るから、何とか、調べて貰えないかな」

と、直子は、いった。

「調べるといってもねえ。私は、今、殺人事件を、追っているし――」

「科研に、筆跡鑑定の専門家がいるでしょう?」

「ああ。いることはいるが――」

「筆跡から、書いた人間の性格や、年齢や、学歴なんかも、わかるんじゃないかと思って」

「それは、どうかな」

「とにかく、送るから、助けて」

と、直子は、いい、十津川が、何かいいかけたとき、向うは、もう、電話を、切ってしまっていた。

間もなく、FAXの受信音が鳴って、勝手に、問題の手紙が、送られてきた。

(しようがないな)

と、十津川は、思い、それでも、何とか、筆跡鑑定の専門家に見せてみようかと思い、それを、自分の机に置いて、煙草に、火をつけた。

食事をすませて、西本が、傍へ来て、そのFAXを取りあげて、

「これ、どうされたんですか？」

と、きいた。

「ああ、それは、プライベイトなものだよ」

と、十津川は、少し照れながら、いって、取りあげようとすると、西本は、急に、真剣な眼になって、

「これ、似てますよ」

と、いった。

「似てるって、何にだ？」

「殺された近藤真一の筆跡にです。今日、練馬区役所で、彼の書いたものを見たんですが、その筆跡によく似ています」

と、西本が、いう。

「本当か？」

急に、十津川の声が、強くなった。

「筆跡鑑定をしなければ、同一人かどうかまでは、わかりませんが、私が見た限りでは、よく似ています」

と、西本は、いう。

「よし。筆跡鑑定して貰おう。このFAXの字と、近藤真一の字とをだ」

十津川は、大きな声で、いった。

すぐ、西本と日下が、再び、練馬区役所に行き、近藤が書いた文書を借りてきた。

なるほど、よく似て達筆である。

十津川は、それを、筆跡鑑定に廻した。

科研からの回答があったのは、夜半になってからだった。

その回答では、両方の字の癖などを、指摘したあと、

〈同一人の筆跡と、考えられる〉

と、結論していた。

その文字を見たとき、十津川は、急に、妻の直子のことが、心配になってきた。

4

十津川は、すぐ、直子が泊っている南紀白浜のホテルに、電話をかけた。

直子は、電話口で、眠そうな声を出した。

「ごめんなさい。今日は、歩き廻って、疲れているの」

「無事で、ほっとしたよ」

と、十津川は、いった。

「何を、大げさなことをいってるの？　無事に決ってるじゃないの」

と、直子は、電話の向うで、笑った。

「君の送ってくれた手紙だがね」

「ええ」

「東京で、殺された近藤真一という男は、どうも、脅しや、ゆすりの手紙を書いていたと思われるんだが、彼の書いたものと、君の送ってくれた手紙を比べたら、筆跡が、一致したんだよ」

と、十津川は、いった。

「本当なの？」

「ああ、筆跡鑑定の結果、同一人のものと、判断されたんだ」

「じゃあ、広田ユカさんを、脅してたのは、その近藤という男なの？」

と、直子が、きく。

「あの手紙を書いたのは、間違いなく、近藤真一だね」

と、十津川は、いった。

「でも、脅迫していた人間が、死んでしまったのなら、広田ユカさんは、もう、安心ね？」

「それが、そうはいかないんだよ」

と、十津川は、いった。

「どうしてなの？」

「近藤という男は、どうも、自分で、相手をゆすったり、脅したりしていたんじゃなくて、誰かに頼まれて、そんな手紙を書いていたと、思われるんだよ。金を貰ってね。その男が殺されたとなると、広田ユカという娘さんも、危険だし、君だって、危険だということになってくるんだ。犯人は、仲間というか、それに近い男を、殺してしまっているんだからね」

「本当に、私は、危いの？」

と、直子が、きく。

「危険だと思っている」

と、十津川は、いった。

「でも、どうしたらいいか、わからないわ」

「今、そこに、君と、誰がいるんだ？」

「広田ユカさんのお友だち。彼女が、心配して探しているので、私も、彼女に、協力しているの」

「君は、動かない方がいい」

「でも、広田ユカさんを、何とかして、見つけたいのよ」

「それは、私たちがやるよ」

「警視庁が？」

「そうだ。東京の殺人事件と、君が探している娘さんとが、関係があるとわかった以上、彼女を探すのも、われわれの仕事だからね。明日、早く、三田村と、北条の二人を行かせる。だから、それまで、君も、一緒にいるという、広田ユカさんの友だちも、何もせずに、じっとしているんだ。わかったね」

と、十津川は、いい含めるように、注意した。

翌日、十津川は、三田村と、北条早苗の二人の刑事を、南紀白浜に、向わせた。

午前十一時三十五分に、南紀白浜に着いた二人は、すぐ、白良浜のホテルに直行し、そこで、直子と木島多恵に、会った。

「これからは、全て、警察に委せて下さい。殺人事件が、関係しているということで、こちらの県警も協力を約束してくれています」

と、三田村が、釘を刺すように、直子と、多恵に、いった。

「それは、十津川の命令なんですか？」

と、直子が、きいた。

「警部は、奥さんのことを、心配しておられるんです。何といっても、奥さんも、そこにいる広田ユカさんのお友だちも、素人ですから、探偵ごっこは、危険です」

「もちろん、私たちは、アマチュアだけど、警察の命令に従わなければならないということは、ないんでしょう？」

「これは、殺人事件が、絡んでいるんです」

と、三田村は、いった。

「それは、昨夜、主人から電話で脅かされたから、よくわかっていますよ」

「それなら、広田ユカという女性の件は、われわれと、ここの県警に委せて、お二人とも、東京に、戻って下さい。何かわかれば、その都度、お知らせします」

「警察が、彼女を探して下さるのは、ありがたいわ。でも、私は、この白浜が気に入ったから、あと、四、五日、いようと思っています。この多恵さんもね。それは自由でしょう？」

と、直子は、いう。

三田村は、当惑した顔になって、

「警部は、一刻も早く、東京へ帰るように、おっしゃっているんです」

「三田村さんは、ちゃんと、伝言を伝えたんだから、それで、いいじゃありません？　しっかりと、広田ユカさんを、探して下さいな」

「どうしても、白浜に、残るんですか？」

「ええ。あと、四、五日ね。温泉が、気に入ったの」

「危いことはしないと、約束して下さい。お願いしますよ」

「わかっていますよ」

と、直子は、ニッコリした。

三田村と、早苗は、ホテルを出て、今度は、白浜警察署へ向ったが、その途中で、三田村は、

「なぜ、黙ってたんだよ」

と、早苗に向って、口をとがらせた。

早苗は、笑った。

「何のこと？」

「今だよ。おれが、警部の奥さんを説得しようと思って、四苦八苦してるのに、君は、平気な顔で、何もいわなかったじゃないか。女同士の方が、話し易いだろうが。おれは、上司の奥さんというのが、苦手なんだよ」

と、三田村は、いった。

「私だって、上司の奥さんは、苦手だわ」

「しかし、女同士だから――」

「私が、女だから、ああいう女の人のことは、よくわかるの。いい出したら、テコでも動

かない人だわ。女の私が説得したら、余計、意地になるわ。だから、黙っていたのよ」

　と、早苗は、いった。

「じゃあ、警部の奥さんの気持がよくわかる君にききますがね。大人しく、温泉に浸っているかな？」

「これから、四日も、五日も、呑気に、温泉に浸っていられる人だと思う？」

「いや、思わないね」

「多分、警部だって、そう思ってない筈だわ」

「じゃあ、どうすれば、いいんだ？」

　と、三田村は、いった。

「私たちも、ここに残って、あの二人を、見張るより仕方がないわね。警部も、そのつもりで、私たちを、白浜へ寄越したに違いないんだから」

　と、早苗はいった。

「それは、深読みじゃないのか？」

「ただ、冷静に見てるだけよ」

　と、早苗は、いった。

白浜警察署では、二人を、署長が、迎えてくれた。

「本庁の三上本部長から電話がありました。うちとしても、協力は、惜しみません」

と、署長は、いい、三浦という刑事を、紹介された。

三浦刑事が、連絡に当ってくれるという。

三田村と、早苗は、三段壁で見つかったという、広田ユカのハンドバッグを、見せて貰った。

「残念ながら、このハンドバッグの持主の生死はわかりません」

と、三浦は、いった。

「自殺する時、ハンドバッグを持ったまま、飛び込むものかしら？」

早苗が、ハンドバッグの中身を、見ながら、きいた。

「さあ、どうですかね」

三十五歳だという三浦は、首をかしげた。

「でも、あの三段壁から飛び込む人は、何人もいるんでしょう？」

「でも、ハンドバッグを持ったままかどうか、そういう、統計は、とっていないと思いますからね」

と、三浦は、苦笑した。

「君だったら、どうするんだ？」

と、三田村が、早苗に、きいた。

「私が、自殺するんならということ？」

「ああ、君は、何があっても、自殺するタイプとは、見えないがね」

と、三田村は、皮肉めかして、いった。

が、早苗は、真面目に、しばらく、考えてから、

「自殺する場合、人間は、何か、この世に残したいと、思うものじゃないかな。ハンドバッグは、残しておいて、飛び込むでしょうね。だから、もし、広田ユカが、死んでいるとしたら、自殺とは、思えないわ。犯人が、彼女を、海に転落させ、ハンドバッグも、海に投げ捨てたんだと思うわ」

と、いった。

「そのどちらでもないケースも、考えられるんじゃないですか」

と、三浦が、いった。

「まだ、死んでいないということですか？」

と、三田村が、きく。

「ええ。彼女が、死んだと思わせるために、ハンドバッグを、海に投げ込んだんじゃないか。そういうケースも、あるわけでしょう」

「わざと、ハンドバッグを、発見させるということですか？」

「ええ。だから、海に投げ込んだんじゃない。沖に流されてしまうことも、考えられますからね。あの洞穴の中で、流れ込んでくる海水の中に、投げ込んだ。発見され易いようにです」

と、三浦は、いった。

「それ、少し、矛盾してるわ」

と、早苗は、いった。

三浦は、眉を寄せて、

「どう矛盾しています？」

と、きいた。

「広田ユカは、脅迫されていたんです。だから、ハンドバッグが、見つかれば、警察は、自殺より、他殺の可能性を考えるわ。警察は、動き出す。犯人は、それでは困るのに、わざわざ、ハンドバッグを、見つけさせるとは、思えないな」

「じゃあ、あなたは、どう思うんですか？」

と、三浦は、きいた。

三浦のいい方には、ちょっと、棘があった。早苗のことを、小生意気など、思ったのかも知れない。

「ひょっとすると、三段壁の洞穴に、ハンドバッグを捨てておいて、わざと発見させるようにしたのは、本人じゃないか。そんなケースだって、考えられますわ」

と、早苗は、いった。

「本人が、何のために、そんなことをするんですか？」

と、三浦は、きいた。

「そりゃあ、いろいろと理由は、考えられますわ。何か身を隠したい理由があるのかも知れない。自分が、死んだことにしたい。そんな理由だって、考えられますわ。例えば、暴力団に追われているとか、莫大な借金を抱えて、逃げ廻っているとかです」

と、早苗は、いった。

「しかし、広田ユカという女は、脅迫の手紙を受け取っていて、友人は、必死になって、探しているんです」

「知っていますわ。でも、全て、芝居だったのかも知れない。友人に、脅迫されている手紙を見せておいて、突然、姿を消す。そして、三段壁の断崖の下で、ハンドバッグが見つかる。誰もが、彼女が殺されたと思う。それを狙ったのかも知れませんわ」

「私は、広田ユカの自作自演とは、考えませんよ。第一、東京で、彼女に脅迫の手紙を書いた男が、殺されたんでしょう」

と、三浦は、いった。

「正確にいえば、脅迫の手紙を、代筆した男ですわ」

と、早苗は、いった。

「それが、どう違うんですか?」

「ずいぶん違いますわ」

と、早苗は、いった。

「ずいぶんというと、どんな具合にですか、それが——」

と、三浦が、なおも、早苗に、質問を浴びせかけようとしたとき、署長が、入って来て、

「今、三段壁の近くで、女の靴の片方が、見つかったという知らせが、入った」

と、三人に、いった。

「広田ユカの靴ですか？」

と、三田村が、きく。

「わかりませんが、シャネルのローヒールで、大きさは、日本式にいうと23・5だそうですよ。今、彼女の友人の木島多恵さんが、呼ばれて、彼女のものかどうか、見て貰うことになっているそうです」

「私たちも、行きましょうよ」

と、早苗が、いった。

白浜警察署のパトカーで、三田村、早苗と、県警の三浦の三人も、三段壁に向った。

三段壁に着くと、すでに、県警のパトカーが、一台、先に来ていた。

直子も、着いている。

彼女は、三田村たちの傍にやって来ると、

「今、多恵さんが、向うで、靴を見ていますよ」

と、土産物店を、指さした。

その店の二階が、食堂になっている。

三田村たちが、そこに、あがって行くと、制服姿の警官が二人、入口をガードしていた。

その警官に三浦は手をあげて見せ、座敷にあがって行った。

座卓の上にのせた白と黒のコンビの靴を、木島多恵が、入念に調べているのが、見えた。

「わかった?」

と、直子が、彼女に声をかけた。

その声が聞こえなかったみたいに、多恵は、熱心に、靴を手に取って、見ていたが、

「間違いないわ!」

と、突然、大声を出した。

「わかったの?」

直子が、多恵の傍に、寄っていった。

三田村たちも、彼女を、取り囲んだ。

多恵は、靴を、座卓の上に戻して、

「彼女、ずっと、シャネルの靴を欲しがってたのよ。それをやっと、手に入れて、いつも、履いてたんです。白と黒のコンビのローヒール。これですわ」

と、早口に、いった。

「でも、同じ靴は、日本中に、いくつもあるでしょう？　23・5の大きさの靴だって。なぜ、これが、広田ユカさんの履いていた靴だと、どうして、断定できるの？」

と、直子が、きく。

「この内側を見て下さい。ここのところの皮が、切れちゃってるでしょう。履いてすぐ、切れちゃったんで、彼女、文句いってたんです。買ったデパートに文句を、いいに行ってくるって、いってました。いなくなる二日ほど前ですわ」

と、多恵は、いい、靴の内側の敷皮の隅が、小さく、半円形に、切れているのを、指さして見せた。

「じゃあ、広田ユカさんの靴に、間違いないのね？」

と、直子が、きいた。

「ええ、間違いありません。私に、見せてくれた靴と、全く同じだから」

と、多恵は、しっかりした口調で、いった。

三浦は、二人の警官に向って、

「この靴は、いつ、何処で、見つかったんだ？」

と、きいた。

警官の一人が、

「今日の午後三時頃、三段壁近くで、磯づりをしていた人間が、針に引っかけたんです。大阪から釣りに来ていた三人の釣り人の中の一人で、名前は、中西吾郎、四十五歳です」

と、答える。

「この靴が、どのくらいの時間、海水に浸っていたか、調べましょう」

と、三浦が、三田村たちに、いった。

「ユカは、死んじゃったんでしょうか？」

多恵は、青い顔で、直子を見、三田村たちを見た。

直子が、励ますように、

「私はね。広田ユカさんが、死んだなんて、ぜんぜん、思っていませんよ。ハンドバッグだって、この靴だって、死んだことの証明になんかなりません」

「でも、靴が、自然に脱げて、海に落ちたり、大事なハンドバッグを、海に落としたりしませんわ」

と、多恵は、いった。

「彼女が、自分で落としたとは、いっていませんよ。彼女は、誰かに、誘拐されたのかも知れないわ。争ったとき、靴が脱げたり、ハンドバッグを落としたりしたのかも知れないでしょう？」

「じゃあ、ユカは、誘拐されたんですか？」

と、多恵が、きく。

「例えばの話よ。もし、誘拐されたのなら、必ず、犯人を見つけ出して、ユカさんは、助け出すわ。ねえ、そうでしょう？　刑事さん」

直子が、ちらりと、三田村たちを見た。

急に、話を振られて、三田村は、あわてながら、

「誘拐されたのなら、警察が、全力をあげて、犯人を逮捕し、広田ユカさんを、助け出しますよ」

と、いった。

「ぜひ、お願いします。ユカを、助けて下さい。見つけて下さい」

と、多恵は、拝むように、三田村たちを、見た。

早苗は、その間に、一階におりて、電話を借りて、東京の十津川に、連絡を取った。

広田ユカのものと思われる靴の片方が、三段壁の海中から見つかったことを、告げた。

「彼女の友人が、間違いないと、証言しています」

と、早苗は、いった。

「それで、広田ユカは、もう死んでいると思うかね？」

と、十津川が、きいた。

「私の考えですか？」

「ああ。君の考えをききたい」

「私は、ちょっと、気に入りません」

と、早苗は、いった。

「何が、気に入らないんだ？」

「まず、脅迫状、そして失踪、次に、ハンドバッグが見つかって、今度は、靴の片方ですわ。何か、順番どおりになっている感じで、気に入らないんですわ」

と、早苗は、いった。

「出来すぎているというわけか？」

と、十津川が、きいた。

「ええ。広田ユカは、南紀の海で死んだぞ、死んだんだぞと、強調しているような気がして」

と、早苗は、いった。

「なるほどね」

と、十津川は、いったあと、

「ところで、家内のことだが――」

「奥さんは、あと四、五日、南紀白浜に、いるといっていらっしゃいますわ」

「やっぱりねえ」

と、十津川は、いった。

早苗は、思わず、くすっと笑って、

「わかっていらっしゃったんですか」

と、いった。

第三章　一人の女の顔

1

広田ユカは、何者なのかを、調べることにした。

「それなら、友人の木島多恵に聞いたらいいんじゃありませんか？　彼女は、同じR建設の同僚だし、必死になって探すほどの親友ですから」

と、西本は、十津川に、いった。

「その親友にもわからない秘密を、広田ユカという女は、持っているのかも知れない」

と、十津川は、いった。

だからこそ、彼女は、得体の知れない脅迫状を受けとり、奇妙な形の失踪をしてしまったのだろうと、十津川は、思った。

広田ユカの行方を追うのは、妻の直子と、ユカの友人の木島多恵、それと、県警に委せておいて、十津川は、広田ユカの過去を調べることにした。

まず、オーソドックスに、ユカの勤めていたR建設に出かけ、上役や同僚に、話を聞いた。

ここで聞けたのは、予想した通りの言葉でしかなかった。

平凡な、目立たないOL。指示したことは、きちんとやるが、創意工夫を働かせるタイプではない。性格は暗くはないが、ひとりで、はしゃぎ廻ることもない。

性格はいい。人には、好かれる方だと思う。

当り障りのない言葉ばかりだった。

ただ一つ、十津川が、注目した上役の証言があった。

「最近、休むことが多くなりましたね。結婚するのかも知れないなと思いましたよ。女子社員というのは、結婚相手が見つかると、とたんに、仕事に対する意欲を失う者が、多いですからね」

と、いうのである。

広田ユカに、そんな相手がいなかったことは、はっきりしている。

もし、いれば、木島多恵の代りに、その恋人が、必死になって、広田ユカを探しているに違いないからである。

だから、最近、休みがちになったのは、他の理由なのだ。

その理由の中に、十津川の知りたいものが、あるかも知れない。

次に、十津川は、彼女の学校の仲間を調べることにした。

小、中、高校時代の友人の中、特に親しかった人間の名前を調べ、全員に、会うことである。

職場の仲間にいえなくても、昔の友人になら話していたかも知れないし、広田ユカの何かを知っている可能性があると、思ったからだった。

会うことになった人数は、女二十五人と、男十六人である。

十津川と、亀井は、その一人、一人に会った。

テープレコーダーを持って、彼等との話を、録音した。

プラスにならない会話が、続いた。

同窓会でしか会ってない友人。結婚してからは、つき合いがなくなったという、元親友の女たち。

去年、一緒に旅行して、楽しかったが、別に変った様子はなかったという高校時代の仲間。

収穫なしと思われたが、一つだけ、引っかかる答が、あった。

高校時代の親友で、松原さとみという女の証言だった。

「最近は、一度しか会ってないんだけど、とても、素敵なマンションに住んでるんで、びっくりしたわ」

と、彼女は、いったのである。

その言葉に、十津川は、引っかかった。

広田ユカのマンションは、1Kである。ひとり住いなら、それでも十分だが、素敵なマンションという言葉には、馴染まないと思ったのだ。

「君は、そのマンションに、行ったの？」

「ええ」

「場所は？」

「麹町でした」

と、いう。

（違うな）

と、十津川は、思い、

「君は、そのマンションに入ったの？」

「ええ、入れて貰いました。彼女、ちょっと、嫌がってたけど」

「場所を教えて下さい」

と、十津川はいい、彼女をパトカーに乗せて、そのマンションに案内させた。

四階建の豪華マンションである。２ＤＫと、広さは普通だが、この場所で駐車場もあり、高さをおさえた分、各室が、ゆったりと、大きく作られている。

「この二階の２０１号室ですわ」

と、さとみは、いった。

２０１号室には、広田ユカの名前はなく、「島崎」の表札が、出ていた。

十津川と、亀井は、さとみに、この部屋かと、念を押してから、インターホンを鳴らした。

警察と告げてから、ドアが開き、四十二、三歳の男が、顔を出した。

眉を寄せて、

「何のご用でしょうか？」

と、きく。

「島崎さんですか？」

十津川が、きいた。

「そうです」

「広田ユカという女性を、ご存知ですか？」

「いや。知りませんが」

と、相手は、いう。

「失礼ですが、何をなさっておいでですか？」

と、十津川は、きいた。

相手はいったん、奥に消え、一枚の名刺を持って、戻って来た。

〈島崎功一郎　東京弁護士会会員〉

と、名刺には、ある。

「弁護士さんですか」

「主に、民事の方を、担当しています」

島崎は、かたい表情で、いった。

「申しわけないが、部屋の中を、見せて頂けませんか」

と、十津川は、いった。

「なぜです？」

「実は、広田ユカという女性を探しているのですが、彼女の友人が、この部屋で、彼女に会ったことがあるというのです」

「それは、おかしいですね。私は、広田ユカという女性は、知らないし、留守にするときは、ちゃんと、カギをかけていますがね」

島崎は、首をかしげて、十津川を見、亀井を見、そして、その背後に、かくれるようにしているさとみを見た。

「しかし、どうしても、この部屋だったというのですがねえ」

と、十津川は、粘った。

島崎は、一瞬、間を置いてから、

「いいでしょう。変な疑いを持たれるのも、嫌ですからね」

と、いい、十津川たちを、部屋の中に、招じ入れた。

弁護士というだけに、2DKの一室を、事務所風に使い、応接セットの後に、キャビネットが、並んでいる。

もう一部屋が、書斎兼寝室の感じだった。

どこにも、女の匂いはない。

バスルームにも、女性の感じはしなかった。

亀井が、島崎と、そのバスルームを見ている間に、十津川は、洋服ダンスを開けてみた。

が、女の服は、見当らなかった。

「納得されましたか？」

と、島崎が、きく。

「もちろん、納得しました。おさわがせして、申しわけない」

十津川は、島崎に詫びて、部屋を出た。

パトカーに戻ると、さとみが、首をかしげて、

「おかしいわ」

と、いった。

「あの部屋に、間違いないのか？」

亀井が、厳しい眼で、きいた。

「ええ。２０１号室でした。ユカに案内されて、入った時は、ぜんぜん、違う感じでした。カーテンも、違うし、あんなに、キャビネットは、なかったし、三面鏡も、ありました」

「男のものは？」

と、十津川は、きいた。

「ええ。ありました。だから、あたしは、ユカが、あそこに、ご主人と一緒に住んでいるんだとばかり、思ったんです」

と、さとみは、いった。

「表札は、どうでした？　島崎になっていましたか？」

と、十津川が、きいた。

「いいえ。違う名前でした。確か、前田だったと、思います」

「ユカさんは、その前田という人について、何か、いっていませんでしたか？」

「ご主人って、何してる人って、きいたんですけど、彼女、笑って、答えてくれませんでしたわ。だから、何か、わけありだとは、思ったんですけど」

「わけありというのは、ひょっとすると、その前田という人の愛人になってるのではないかと？」

と、十津川は、きいた。

「ええ。まあ――」

「彼女に、会ったのは、いつ？」

「一カ月少し前です」

と、さとみは、いってから、

「ユカは、どうかしちゃったんですか？」

と、心配そうに、きいた。

「今、行方不明なので、探しているところです。もう一度、念を押しますが、あの２０１号室に、間違いありませんね？」

「ええ。絶対、あの部屋です」

と、さとみは、いった。

二人は、彼女を、自宅まで送ったあと、捜査本部に、戻った。

十津川は、黒板に、島崎に貰った名刺を、ピンで、留めた。

「この弁護士のことを、至急、調べてくれ。どんなことでもいい。評判、誰の顧問弁護士をやっているか、異性関係、資産、何でもいい」

と、十津川は、西本たちに、指示した。

彼等が、捜査のために、出かけて行ったあと、亀井は、十津川に、

「広田ユカは、R建設のOLをしながら、誰かの愛人になっていたと、思われるんですか？」

「ああ、そうだ。彼女は、R建設のOLだ。それに若いから、給料だって、少ないと思えるのに、白浜で見つかったハンドバッグや、靴は、ブランド品で、高いものだった。だから、OLにしては、ぜいたくだなとは、思っていたんだよ」

と、十津川は、いった。

「だから、愛人になって、援助を受けていたと思われるんですね？」

「今日、あのマンションに行って、そう感じたね」

「いつ頃からだと、思われますか？」

「最近だと思う」

と、十津川は、いった。

「なぜですか？」

「R建設の同僚の木島多恵が、気付いていないらしいからだよ。ずっと、愛人生活をやっていたのなら、木島多恵が、気付いている筈だ。それに、上司は、最近になって、よく休むようになったといっていたからね」

と、十津川は、いった。

「広田ユカが、行方不明になった原因も、それだと、思われますか？」

亀井が、きいた。

「今のところ、他に、考えようがないな」

「彼女に、脅迫の手紙を書いたと思われる近藤ですが、彼は、そのことを、知っていたでしょうか？」

「それは、わからないな。近藤は、何も知らずに、金を貰って、広田ユカ宛に、脅迫状を書いていただけかも知れないからだ」

と、十津川は、いった。

翌日も、弁護士島崎についての捜査が続き、彼についての資料が、少しずつ、集ってきた。

島崎は、四十三歳。東京生れで、S大法科を卒業している。

秀才の誉れ高く、現役で、司法試験に合格した。

N電機KKの顧問弁護士を、十年前から、やっている。

その縁で、N電機の重役、和田賢一の次女、菜保子と結婚したが、二年前に病死し、現在は、独身である。

住所は、四谷三丁目のマンションだったが、一週間前、突然、麴町の「レジデンス麴町」の201号室に、引っ越した。

妻の菜保子が亡くなってから、羽を伸ばして、女性関係は、かなり派手である。

島崎は、長身の美男子であり、しかも、中堅の弁護士ということで、女性にもてていて、特定の女性が、二、三人いるという噂がある。

民事弁護士としての腕は、誰もが、認めているが、そのやり方が、強引で、時々、問題を起こしている。

一度、相手方を、脅迫したとして、訴えられたことがある。この時、その脅迫に、暴力団を使ったとして、警察が調べたのだが、証拠がつかめていない。

だが、腕がいいということで、何人かの有名人の顧問弁護士を、つとめている。六本木に、島崎法律事務所を持ち、三十代の若い弁護士二人を抱えている。

こうした事実と、噂が、十津川の手元に集って来たのだが、問題は、広田ユカとの関係だった。

和歌山県警と、直子からの連絡によれば、いぜんとして、ユカは、まだ、見つかっていない。

麴町のマンション「レジデンス麴町」の201号室に、広田ユカが、通っていたかどうか。松原さとみが、見たという「前田」という表札の人物は、いったい誰なのか。その二つを、十津川は、知りたかった。

このマンションは、三年前の五月に、建設されている。

201号室は、その時、駐車場つきで、一億五千万円で、売られているのだが、買ったのは、島崎法律事務所になっていた。

島崎法律事務所に、前田という名前の人間はいない。若い二人の弁護士は、林と、須和という名前であり、事務をやっている女は、太田静江三十歳だった。

十津川は、亀井と、もう一度、島崎に、会いに行くことにした。

島崎は、それを予期していたように、前の時とは違って、微笑を見せて、十津川たちを、迎えた。

「この部屋ですが、三年前に、売りに出された時、島崎法律事務所で、購入されていますね？」

と、十津川は、まず、きいた。

「ええ。買いました」

島崎は、笑顔で、肯いた。

「買った目的は、何だったんですか？　六本木に、法律事務所を、お持ちなのに」

「うちには、二人の若い弁護士がいます。仕事が入ると、時々は、何日も、家に帰らず、訴訟と、取り組まなければなりません。二人とも、二時間近く通勤にかかる場所に住んでいるので、いちいち、帰宅していたのでは、能率が悪いのですよ。そこで、泊れる場所を確保したくて、このマンションを、購入したわけです」

「しかし、今は、あなたが、住んでいますね。一週間前から」

と、亀井が、いった。

「これは、一時的なものです」

と、島崎は、いう。

「どういうことですか？」

と、十津川が、きいた。

「私は、一週間前まで、四谷三丁目のマンションに住んでいたんですが、このマンションが、何しろ古いもので、水洩れはするし、入口のドアや、窓ガラスがゆがんで、力を入れないと、開かなくなっていたんです。それで、引越先を探していたんですが、なかなか、適当なものが、見つからない。困って、一時的に、ここに、引っ越したというわけです。引き続いて、探しているので、見つかり次第、そこへ移って、ここは、前と同じように、事務所の人間に、使わせるようにしたいと、思っています」

と、島崎は、いった。何か、用意されていた文章を読んでいる感じがした。

「前田という人を、知りませんか？」

と、十津川は、きいた。

「前田？　何者ですか？」

「前に、この部屋を訪ねた女性が、その時、ここに、前田という表札が、出ていたというんですよ」

十津川が、いうと、島崎は、笑って、

「それは、間違いですよ。うちの事務所が、使っていたのに、他人の表札をかける筈がないでしょう」

「すると、いつもは、何という表札をかけていたんですか？」

と、亀井が、きいた。

「島崎法律事務所の表札にしようかと思ったんですが、所員に使用させてはいましたが、ここが、うちの事務所ではないので、何の表札もつけていませんでしたよ」

と、島崎は、いった。

「あなたの法律事務所では、何人かの有名人の顧問弁護士を、引き受けておられますね。それに、N電機の顧問弁護士も」

十津川が、いった。

「ええ。おかげさまで、やらせて貰っています」

「その中に、前田という人は、いませんか？」

「いませんねえ」

と、島崎は、否定した。

2

十津川と、亀井は、「レジデンス麴町」の管理人にも、会った。

五十歳くらいの実直な感じの男だった。

十津川は、２０１号室のことをきくと、

「確か、有名な法律事務所の所有の筈ですよ。バブルがはじけてから、安くなったといっても、億単位の部屋ですからね。個人では、買うのが難しいので、このマンションのほとんどが、法人の所有になっているんです」

と、管理人は、いった。

「その２０１号室なんだが、前田という表札が出ていたことは、なかったかね？」

「さあ、知りませんねえ」

と、亀井が、きいた。

と、管理人は、いう。

「一日一回は、一階から四階まで、見て廻ってるんじゃないのかね？」

亀井が、きくと、管理人は、苦笑して、

「このマンションでは、私は、なるべく、そういうことはしないことにしているんです。水道なんかの故障の時は、申し出があれば、修理はしますが」

「なぜ？」

「実は、大きな会社が、会社で、部屋を購入しておいて、社長さんが、その部屋に、愛人を囲ったりしている場合があるんですよ。ですから、プライバシイには、なるべく、触れないようにしているわけです」

と、管理人は、いった。

「じゃあ、この女性も、知らないかな？」

十津川は、広田ユカの顔写真を、管理人に見せた。

「この人が、何か？」

「時々、２０１号室に、来ていたと、思うんだがね」

「さあ、知りませんね。お役に立てなくて、申しわけないんですが」

管理人は、いやに、そっけないいい方をした。

十津川は、苦笑して、

「何か知っていますね？」

と、いった。管理人は、狼狽した表情になって、

「今も申しあげたように、ここでは、見て見ぬふりをするのも、私の仕事でしてね」

「それでは、彼女が来たことは、知ってるんですね？」

と、十津川は、念を押すように、きいた。

管理人は、諦めたように、

「確かに、見かけたことがありますよ。しかし、どの部屋に行かれたかは、私には、わかりません」

と、いった。

殺された男が、広田ユカに対して、脅迫の手紙を書いていたことは、間違いないと、十津川は、思っているが、その事件と、このマンションの201号室の男が、直接関係があるという証拠は、まだ一つもないのである。

従って、この管理人を、強制的に、捜査本部に引っ張って行くことは、出来なかった。

根気強く、話を聞くより仕方がない。

「201号室に、今、島崎という弁護士さんが住んでいるのは、知っていますね？」

と、十津川は、管理人に、きいた。

「さあ。今も申しあげたように、正式には、法律事務所が、所有していることになっていますから」

と、管理人は、頑固に、いう。

「そういえと、いわれてるのかね？」

亀井が、ちょっと、管理人を、睨んだ。

「とんでもない。ずっと、あの部屋は、法律事務所の所有です」

と、管理人は、いう。

「名義は、そうでも、あの部屋に、法律事務所があるわけじゃないでしょう？　第一、看板が、かかっていない」

十津川は、根気よく、説得するように、いった。

「ええ。でも、どの部屋も、看板なんか、出ていませんよ。実際には、企業の所有が、多いんですが」

「あなたは、二十四時間勤務ですか？」

「ええ。管理人室に住んでいて、私が、いない時は、家内が代行しています」

「それなら、201号室にあった三面鏡や、花柄のカーテンといったものが、運び出されるのを、見ているんじゃありませんか？」

と、十津川は、きいた。

「いえ。見ていません。このマンションの駐車場は、地下にあるんです。部屋の模様がえでも、搬送は地下の駐車場を使ってやりますから、私には、わかりませんよ」

と、管理人は、いった。

亀井は、眉を寄せて、

「ずいぶん、不用心じゃないかね。泥棒でも、強盗でも、駐車場から自由に、出入り出来るんだろう」

「そんなことは、ありません。地下駐車場には、頑丈な柵があって、それを開けるキーは、ここの住人の方しか、持っていませんから」

と、管理人は、いった。

「そのキーは、当然、201号室の法律事務所の人たちも、持っているわけですね？」

「一つの部屋に、二つずつです」

「それなら、前田という住人も――」

と、いいかけて、十津川は、やめてしまった。きっと、管理人は、そんな人は知りませんと繰り返すに、決っていると、思ったからである。

十津川は、諦め、亀井を促して、捜査本部に戻ったが、すぐ、三上本部長に、呼ばれた。

三上は、不機嫌だった。

その渋面を見て、島崎弁護士が、抗議して来たのだなと、思った。案の定、三上は、

「さっき、島崎法律事務所から、抗議の電話があった。正式に、書面も、送りつけてくるそうだ」

と、十津川には、いった。

「そうですか」

と、十津川が、肯くと、三上は、

「思い当ることが、あるようだな」

「そうですが、抗議は、不当なものです」

と、十津川は、いった。

「向うは、君が、島崎法律事務所が、何か、法律に触れるような行為をしているように、非難していると、いっている。その通りなのか？」

「おかしいですね。島崎さんに会って、彼の持っている麴町のマンションの部屋を見せて貰いました。その時、彼は、非常に協力的で、喜んで、見せてくれました」

「なぜ、その部屋を見たんだ？」

「行方不明の女性が、そこに、何回も通っていた可能性があったからです」

「それで、証明されたのか？」

「だめでした。彼女が、その部屋にいたという証拠はつかめませんでした。その部屋に三面鏡などがあったという証言があるんですが、どうやら、そうしたものは、私が行く前に、始末してしまったらしいのです」

「それは、君の勝手な推理で、処分した証拠は、ないんだろう？」

「ありません」

「それなら、向うの抗議に反論できんじゃないか。向うは、警察が、勝手に、殺人事件に関係があるように考え、麴町マンションの部屋を、調べに来たといってるんだ」

「殺人事件の関係で、調べに来たとは、一言も、いっていませんよ。向うが、勝手に勘ぐって、そう思っているだけでしょう」

と、十津川は、いった。

「しかし、君は、亀井刑事と二人で、今日も、同じマンションを調べに、行ったそうじゃないか」

と、三上は、いう。

十津川は、苦笑して、

「もう、そのニュースも、島崎法律事務所から、届いていますか？」

「行ったんだな？」

「行きましたが、マンションの管理人から話をきいただけです」

「しかし、管理人に、島崎法律事務所のことや、201号室について、いろいろと、質問したんだろう？」

「聞きました」

「管理人も、非常に、迷惑していると、向うは、いっている。それだけでなく、他の住人も、刑事にうろうろされたのでは、自分たちまでが疑われているようで困ると、いっている。だから、連名で、抗議するともいっているんだ。あのマンションには、有力企業や、有名人も入っているので、大事になってくるんじゃないのかね」

と、三上は、いった。どうやら、島崎法律事務所の方では、かなり強引に、圧力をかけて来たらしい。

「それで、こちらとしても、回答をしなければならない」

と、三上は、いった。

十津川が黙っていると、三上は、言葉を続けて、

「君は、どうなんだ？　二度と、そのマンションを、捜査しないと、約束できるかね？　島崎法律事務所が使っている部屋について、聞き込みをやったりはしないと、私が、回答していいのかね？」

「当分、あのマンションには、行きません。行っても、収穫があるとは、思えません。もし、行くことになったら、今度は、令状をとるようにします」

と、十津川は、約束した。

三上は、ほっとした顔になって、

「それを聞いて、安心したよ」

と、いった。

3

それでも、文書による抗議は来て、そのコピーを、十津川は、三上本部長から渡された。

十津川は、それを、亀井に、見せた。

島崎法律事務所からのものだが、麴町マンションの住人として、何人かの名前と、企業名が、並べて書かれてあった。その方が、圧力が強くなるだろうと、島崎が、計算したのだろう。

「有名人と、大企業が、顔を並べていますよ」

と、亀井は、呆(あき)れた顔で、いった。

「管理人も、気が強くなる筈だ」

と、十津川は、笑った。

「前田というのは、ありませんね」

「前田というのは、多分、偽名だろう。島崎法律事務所が、あの部屋を、提供し、前田は、愛人とのデイトに、使っていたということだと思うよ」

と、十津川はいった。

「どんな人間なんですかね？　その前田なる人物は」

「かなりの有名人か、地位のある人間だろう。だから、問題になったので、あわてて、姿を消したと思っている。島崎法律事務所の背後にだ」

「広田ユカが、その前田の愛人だったというのは、わかりますが、彼女が失踪したことに、前田という人間は、関係があるんでしょうか？」

と、亀井は、きく。

「全く、無関係ということはないと思うが、その男が広田ユカを誘拐したとは、ちょっと思えない。自分の愛人なんだから、わざわざ、誘拐する必要はないからな」

と、十津川は、いった。

「わからないのは、近藤が殺された理由ですね。彼は、誰かに、金を貰って、広田ユカに、奇妙な脅迫状を書いて、送りつけた。その脅迫状が、成功した感じで、彼女は失踪し、南紀白浜に現われている。自殺したか、事故死したのではないかと、疑われている。とすると、うまくいったのに、なぜ、近藤が殺されたのか、そこが、わかりませんが」

と、亀井は、いった。

「成功し、もう、要らなくなったから、殺されたのかも知れないな」

と、十津川は、いった。

「すると、あの脅迫状を頼んだ人間が犯人ということになりますね」

「今のところはね。どうも、この事件は、妙なところがある。一番おかしいのは、広田ユカの行方が、いまだに、わからないことだよ」

「和歌山県警から、何の話もありませんか?」

と、亀井が、きく。

「いぜんとして、行方がわからないという知らせしかないね」

と、十津川は、いった。

妻の直子は、まだ南紀白浜に、がんばっている。どうしても、木島多恵と二人で、広田ユカを、見つけ出す気でいるのだ。

(多分、向うの警察も、もて余しているだろう)

と、十津川は、思う。

人探しをしている間は、まだいいのだが、もし、殺人事件にでもなったとき、首を突っ込まなければいいがと、十津川は、それを、心配していた。今の調子だと、広田ユカが、死体で見つかったら、なおさら、踏み込んでいき、県警の邪魔をするに違いない。

そろそろ、帰京するように、説得した方がいいかなと、思っているところへ、直子の方から、電話が入った。

それも、彼女にしては珍しく、ひどく狼狽した声で、

「大変だわ。大変なのよ！」

と、いきなり、電話口で、いった。

「広田ユカの死体が、見つかったのか？」

十津川は、てっきり、それだと思って、口にすると、

「彼女は、まだ、見つからないわ」

と、直子は、いう。

十津川は、拍子抜けしてしまって、

「他に、大変なことなんかないだろう？」

「それがあるの。彼女が、いなくなったの」

「いなくなったって、前から、広田ユカは、行方不明なんじゃないのか？」

「違うのよ。木島多恵さんが、いなくなったのよ。わかる？　多恵さんが、消えちゃった

の！」

また、直子の声が、大きくなった。

「本当なのか？」

「ええ」

「状況を話してくれ。どんな具合に、消えたんだ？　誘拐されたのか？」

と、今度は、十津川の声が、自然に、大きくなった。

「それが、よくわからないのよ。いつの間にかいなくなって、ホテル中を探してもいないの」

「東京に帰ったんじゃないのか？」

「まだ、親友が見つからないのに、どうして帰京したりするの？」

「彼女は、ＯＬだ。仕事があるから、帰ったんじゃないのか？」

「私も、あなたは、仕事があるから、帰りなさいと、いったのよ。あとは、私が残って探してあげるからといってね。それで、彼女、いったん帰ったんだけど、すぐ、また、白浜に戻って来てたの。親友の行方がわからないままでは、仕事が手につかないといって――」

「ホテルから、消えたのは、いつなんだい？」

と、十津川は、きいた。

「今朝、ホテルで、朝食を一緒にとったの。そのあと、午前十時になったら、また、一緒に広田ユカさんを探しに行きましょうと、いってたのよ。ところが、十時になっても、彼女が、ロビーに出て来ないので、部屋に迎えに行ってみたら、そこにもいなくて――」

と、直子は、いう。

「フロントに、聞いてみたのか？　外出したのなら、部屋のキーを、預けるんだろう？」

「それが、このホテルでは、キーを持ったまま、外出していいのよ。だから、彼女が、まだ、ホテルの中にいるのか、外に出てしまったのかさえ、わからないの」

直子は、元気のない声で、いう。

「部屋の、彼女の荷物は？」

「それも、もちろん、調べたわ。ハンドバッグも、スーツケースも、部屋に置いたままになってるわ」

「じゃあ、東京に帰ったんじゃないね」

十津川が、いうと、直子は、怒ったような声で、

「そんなこと、わかってるわ。だから、心配してるんじゃないの」

「私に当っても、仕方がないだろう。警察には、連絡したのか？」

「したわ」

「それで？」

「あまり、真剣に探してくれそうもないわ。広田ユカさんも、まだ見つからなくて、その上、木島多恵さんまで、失踪してしまったというんで、何だか、うんざりしてるみたいだわ」

と、直子は、いった。

「なるほどね」

「何が、なるほどなの？」

「二人とも、地元に住んでいる人間じゃないからね。ひょっとすると、疑っているのかも知れない」

「疑うって、何を？」

「若い女二人が、失踪ごっこを楽しんでいるんじゃないかと、県警は、思っているのかも知れないよ。広田ユカさんについていえば、ハンドバッグや、靴が見つかっているのに、本人が、見つからない。いかにも、思わせぶりだと思っているところへ、今度は、探している友だちまで消えてしまったわけだからね」

と、十津川は、いった。

「まさか、あなたまで、失踪ごっこだと、思っているんじゃないでしょうね？　私たちが、真剣に、広田ユカさんを、探してるのに」

「ごめん。そんなことは、考えてないが」

「でも、疑ってるんでしょう？」

と、直子が、きく。

「正直にいうとね。広田ユカさんが、失踪した当初は、殺されたんじゃないかと、心配していたんだが、いつまでたっても、見つからないのでね。その上、ハンドバッグや、靴が見つかってみると、ひょっとして、自分の意志で、失踪したんじゃないかとも、考えるようになってきた。多分、そちらの県警も、同じことを、考え始めているんじゃないかね」

と、十津川は、いった。

「だから、ここの警察は、あまり熱心じゃないのかしら？」

と、直子も、いった。

「広田ユカさんについて、考えてみようか。誘拐なら、当然、身代金の要求がなければならないが、それがない。そこが、不自然だ。次に、彼女を恨んでいる人間が、殺したのだとしよう。なぜ、東京で殺さずに、わざわざ南紀白浜まで連れて行って、殺すのかという疑問が残る。それに、犯人は、必死になって、死体を隠すだろう」

「だから、見つからないんじゃないの」

「それなのに、彼女のハンドバッグや、靴が発見されている。彼女を殺したのなら、そうした所持品も、隠すんじゃないかね。完全に、隠してしまえば、警察も、殺しじゃなくて、彼女が、勝手に失踪したんだと考える。そう考えると、殺しにしては、間が抜けて見えるんだよ」

と、十津川は、いった。

「だから、誘拐でも、殺しでもないと、あなたは、思うのね？」

直子の声が、疑うような調子になった。

十津川は、あわてて、

「そう考える人間もいるんじゃないかということだよ」

「今度は、木島多恵さんまで、消えてしまったのよ。これは、どう説明するの？」

と、直子が、きいた。

「君は、どう思ってるんだ？」

と、十津川は、聞き返した。

「今は、大変なことになったと思ってるわ」

と、直子は、いった。

4

「正直にいうと、今度こそ、君には、すぐ、帰って来いと、いいたいね。心配だ」

と、十津川は、いった。

「でも、失踪ごっこじゃないかと、いったじゃないの？」

と、直子が、いう。

「ああ。いった。二人の若い娘が、しめし合せて、失踪ごっこを楽しんでいるんじゃないかという気がしてね。周囲（まわり）が、騒ぐのを、楽しんでいるんじゃないかと、思ってね。だが、逆も考えられるんだ。犯人が、木島多恵さんまで、どうかしてしまったんじゃないか。もし、そうなら、君も、危険だ。だから、あとは地元の警察に委せて、君は、すぐ、東京に帰って来た方がいい」

「私のことを、心配してくれてるのね」

「いつだって、君のことは、心配しているよ」

「嬉しいけど、駄目だわ」

と、直子は、いった。

「なぜ、駄目なんだ？」

「私にだって、意地があるわ。木島多恵さんまで、消えてしまったのよ。怖いからって、逃げ帰るわけにはいかないわ」

と、直子は、いう。

「困った人だな」

「強情なの。私って」

「木島多恵さんが、どうしたか、全く、見当がつかないの？」

「当り前でしょう。いなくなったばかりなんだから」

「怒りなさんなよ」

と、十津川は、受話器を、つかんだまま、苦笑した。

電話のあと、十津川は、三上本部長に会って、南紀白浜に、行かせて欲しいと、頼んだ。

彼が、木島多恵も、行方不明になったことを告げると、三上も、

「どういうことなのかね？　まるで、遊んでいるように見えるがね」

と、いった。

「失踪ごっこですか」

「ああ。そうだよ。不謹慎かも知れないが、そんな気がして、仕方がないがね。周囲を心配させて、喜んでいるんじゃないのか？　最近の若者は、大人をからかったりするからねえ」

「確かに、そうですが、もし、これが、本当に犯罪だとすると、大変なことになるかも知れません」

と、十津川は、いった。

「もし、そうだとしても、東京の殺人事件と、関係があるのかね？　関係がなければ、こちらが、わざわざ、出向く必要はないだろう？」

と、三上は、いった。

「東京で殺された近藤が、広田ユカに、脅迫状を、二回にわたって、送ったことは、間違

いありません。彼女の失踪は、その続きだと思っていますし、彼女の友人までが、姿を消したことも、その延長だと思っているのです」

と、十津川は、いった。

「君は、その二人も、殺されていると、思うのかね？」

「その可能性は、あると思っています」

と、十津川は、いった。

「それなら、行って来たまえ。しかし、その可能性が消えたら、すぐ、帰って来るんだ」

と、三上は、いった。

十津川は、亀井に、南紀白浜で、木島多恵が、失踪したことを話してから、

「今回は、私一人で、行ってくる。よくわからない事件だからね」

と、いった。

「三上本部長は、何といってました？」

と、亀井が、きく。

「若い女二人が、周囲（まわり）を驚かそうとして、失踪ごっこをやってるんじゃないかと、いっていたよ」

「なるほど」

「私だって、そうかも知れないと思ったくらいだからね。本部長が、考えるのも、当然なんだ。広田ユカの場合、ハンドバッグや靴が、思わせぶりに見つかって、本人が、見つからないからね」

「しかし、誰かが、二人の女を、連れ去ったとすれば、大変な事件ですよ」

と、亀井は、いった。

「だから、向うへ行って、様子を見たいと、思っているんだ」

「奥さんは、まだ、向うですか？」

「ああ。一緒に探していた木島多恵まで失踪してしまったというので、ショックを受けているようだ。ただ、すぐ、帰って来なさいといっても、二人とも、見つけ出すといって、聞かないんだよ」

と、十津川は、いった。

「近藤が殺されたことと、関係があれば、向うの警察も、気を入れて、探すでしょうがね。奥さん一人じゃ無理でしょう」

「そうなんだ」

「何かあったら、すぐ、呼んで下さい」

と、亀井は、いった。

十津川は、その日の中に、ＪＡＳで、南紀白浜に向った。

わざと、妻の直子には、行くことを、知らせなかった。南紀白浜空港に着くと、まず、白浜警察署に行き、署長にあいさつしてから、現在の状況を聞いた。

署長は、困惑した表情で、

「どうも、わけのわからん事件でしてねえ」

と、開口一番、十津川に、いった。

「よくわかります」

「あなたの奥さんは、木島多恵という女も、殺されるんじゃないかと、心配していらっしゃるんだが、私は、彼女が連れ去られたとすると、犯人の意図が、わからんのですよ。彼女も、あなたの奥さんも、失踪した広田ユカを探していた。われわれも、協力して、探して来ました。しかし、いぜんとして、見つからんのです」

「ええ」

「つまり、捜査は、壁にぶつかってしまっているわけです。なぜ、そんな時に、犯人は、木島多恵まで、さらったのかという謎が残るのですよ。放っておいてもいい、というより、放っておいた方が、犯人には、都合がいいのです」

と、署長は、いう。

「その通りです」

と、十津川が、肯くと、署長は、嬉しそうに、

「十津川さんも、そう思いますか？」

「思います。確かに、犯人が、今の段階で、なぜ、木島多恵まで、連れ去ったのか、わかりません」

「そうでしょう。だから、私は、どうも、今回の件は、悪戯くさいと、思っているのですよ。もし、悪戯とすれば、いくら、白浜周辺を探しても、二人とも、見つからないと、思っているのですがねえ」

と、署長は、いう。

十津川は、逆らわずに、

「その可能性は、ありますね」

「ええ。そうなんですよ」

と、署長は、いってから、

「十津川さんが、わざわざ、来られたのは、どういうことですか？　悪戯なら、本庁の刑事さんが、来られる必要もないと思いますが」

「家内のことが、心配でしてね」

と、十津川は、いった。

「それは、わかりますねえ。失礼だが、どうも、奥さんは、心配のしすぎだし、何もかも、自分で、やろうとなさる。われわれが、探しても見つからないのに、そんな筈はないといって、われわれを信用して下さらんのは、参りますよ」

と、署長は、不満げに、いった。

「これから、家内に会いますので、よく、いっておきましょう」

と、十津川は、苦笑した。

「まあ、奥さんの、熱心さには、感心はしておりますがね」

と、署長は、いった。

十津川は、白浜署を出ると、直子の泊っている白良浜のホテルに向った。

ホテルのロビーに入って行くと、直子が、これから、出かけようとするところだった。

十津川の姿を見ると、

「やっぱり、心配して、来て下さったのね」

と、さすがに、ほっとした表情になった。

「そうですよ。心配で、来たんだ。これから、何処へ行くの？」

と、十津川は、きいた。

「決ってるじゃないの。二人を探しに行くのよ」

と、直子は、いい、ハンドバッグから、木島多恵の写真を、何枚も、取り出して、十津川に見せた。

「こっちへ来てから、多恵さんを撮っておいたんだけど、それを、何枚も、焼き増しして貰ったの。これを、白浜中に配って歩いて、見た人がいたら、連絡して貰おうと思ってる。協力して下さるわね」

「もちろん、協力しますよ」

十津川は、直子と一緒に、彼女が借りていたレンタカーで、出かけることになった。

白浜中を、毎日のように乗り廻していた直子が、ハンドルを握った。

「白浜の警察に寄って、署長に、あいさつして来たよ」

と、十津川が、いうと、直子は、運転しながら、

「あの署長さん。多恵さんがいなくなったのは、悪戯だろうって、呑気なことといってるのよ」

「ああ。聞いたよ」

「あなたは、どう思ってるの?」

「半々だな。誰かが、連れ去ったか、悪戯か、半々だと、思ってる」

と、十津川は、正直なところを、いった。

「日本の警察って、それだから、犯罪が減らないんだわ。東京も、地方も、みんな、呑気な刑事さんばかり」

直子は、怒ったように、いった。

白浜の空港から、三段壁、千畳敷、円月島、JR白浜駅と、ぐるぐる廻って、木島多恵の写真を配って、ホテルに戻ったのは、夕方になっていた。

翌日も、直子は、また、白浜周辺を廻ってみるという。

朝食がすみ、ロビーで、出発の準備をしているところへ、フロント係が、十津川を呼びに来た。

「白浜警察署の署長さんから、お電話です」

と、フロント係は、いう。

十津川は、急いで、フロントにある電話のところに行き、受話器を取った。

「すぐ、円月島へ行って下さい。円月島は、ご存知ですか？」

と、署長は、緊張した声を出した。

「昨日、行ったから、知っています。何が、あったんですか？」

「円月島近くの海で、若い女の水死体が、発見されたんです」

と、署長は、いう。

「広田ユカ？　それとも、木島多恵ですか？」

と、十津川は、きいた。

「まだ、身元は、わかっていませんが、可能性はあります」

「すぐ、行きます」

「パトカーを廻しましょうか？」

「いや、車があるので、大丈夫です」

と、十津川は、いった。

十津川が、直子の所に戻ると、彼女は、顔色で、察したらしく、

「殺されたの？」

と、きいた。

「まだ、身元はわからないが、若い女の水死体が、円月島の近くで、見つかったと、いっている」

「すぐ、行きましょう」

直子は、素早く立ち上ると、ホテルの駐車場に向って、歩き出した。

二人は、車に乗った。

「やっぱり、悪戯なんかじゃなかったのよ」

と、直子は、車をスタートさせてから、腹立たしげに、いった。

「まだ、広田ユカとも、木島多恵とも、わかっていないんだ」

「決ってるわ。二人のどちらかだわ」

と、直子は、相変らず、怒ったように、いった。

第四章　円月島

1

円月島は、長方形の島の中央が、海水に浸蝕されて、円形の穴が開いて、出来たように見える。

島の中央に開いた穴から見る夕陽が、絶景といわれて、人気がある。

最近は、島の近くに、グラスボートを浮べ、海女の実演を見せて、観光客を呼んでいる。

極彩色の、デッキ形のボートに、何人かの海女が乗っていて、観光客が、グラスボートで、近くまで行くと、海女が飛び込んで、実演を見せることになっている。

その海女が、沈んでいる水死体を見つけ、海岸まで引き揚げたということだった。

十津川と、直子は、車から降りると、三台のパトカーが、とまっているところへ、近づいて行った。

十津川は、緊張していたが、直子の方は、怯(おび)えていた。

グラスボートの発着場に、その水死体は、横たえられ、その周囲を県警の刑事たちが取り囲み、鑑識が、写真を撮っている。

県警の刑事たちが、十津川と直子の二人を、その人垣の中に入れてくれた。

若い女の死体だった。少し、ふくらんだように見える。青いというより、白茶けて見える顔に、海底の泥が、付着している。

「どちらだ？」

と、十津川が、小声で、直子にきいた。

直子は、眼を、水死体に向けたまま、

「多恵さんだわ」

「木島多恵か？」

「ええ。彼女よ」

と、直子が、かすれた声でいう。

県警の刑事の一人が、直子の傍へやって来て、

「木島多恵に、間違いありませんか？」

と、確認するように、きいた。

直子は、それに対しても、短く「ええ」と肯いて見せた。

簡単な検死が行われたあと、木島多恵の死体は司法解剖のため、車で、運ばれて行った。

県警の刑事たちは、残って、第一発見者の海女たちから、話を聞いている。

十津川と、直子は、自分たちの車に戻った。

直子の顔は、まだ、青ざめたままである。

「よほど、ショックだったようだね」

と、十津川は、いった。

「だって、彼女と一緒に、ユカさんを探していたのよ」

「わかるよ」

「彼女、殺されたんだと思う？」

「それは、司法解剖の結果を待たなければ、何ともいえないが、まあ、九十パーセント、殺されたんだろうね」

と、十津川は、いった。

「殺された理由は、ユカさんを、探していたということかしら？」

「多分ね」

と、十津川は、いい、しばらくの間、アクセルを踏まず、眼の前の円月島に、眼をやっていた。

直子も、黙ってしまった。

「もう止(や)めなさい」

と、間を置いて、十津川は、いった。

「止めなさいって――？」

「広田ユカという女性を探すことだよ。警察に委(まか)せておきなさい」

「続けたら、今度は、私が危いということ？」

「木島多恵は、広田ユカを見つけようとして、この白浜で走り廻っていて、死んだ。そうだとすれば、誰が考えても、今度は、君の番だよ」

と、十津川は、いった。

「でも、多恵さんが、死んだということは、やはり、ユカさんは、ここにいるということでもあるわ。死んでいるにしても、生きているにしても」

と、直子は、いう。

「県警の連中も、同じように考えて、これからは、必死になって、広田ユカを探すと思うよ。だから、県警に委せなさい」

と、十津川は、いった。

翌日になって、司法解剖の結果が出て、その結果は、十津川と直子にも、知らせてくれた。

死因は、溺死（できし）。肺の中に、大量の海水が、入っていたという。

そして、両腕に、引っかき傷が、多数、見つかった。

多分、必死で、抵抗したのだろう。犯人は、抵抗する木島多恵を、海中に沈めて、溺死させたのだ。

死亡推定時刻は、九月七日午後二時から、四時までの間とあった。

木島多恵が、白浜で、姿を消したのが、九月七日だから、その日のうちに、殺され、円月島近くの海に沈められたのだろう。

2

県警は、聞き込みに全力をあげると、声明した。

木島多恵は、直子と同じ白良浜のホテルに泊っていた。

九月七日。直子と一緒に朝食をとり、午前十時になったら、今日も同じように、広田ユカを探しに行くと、直子と約束していた。

だが、そのまま、木島多恵は、行方不明になってしまった。

自分の意志で、ホテルを出たのか。それとも、連れ出されたのか。

そして、午後二時から四時に殺されるまでの間に、何があったのか。それを、県警は、追うことにしたのだ。

円月島近くの海中に沈んでいるのが、発見されたのは、九月八日の朝、午前八時四十分である。

その間、多恵の死体は、ずっと海に沈められていたのか。

それも、究明する必要があるだろう。

十津川と直子は、ホテルのティールームで、コーヒーを飲みながら、二人は、今回の事件について、話し合った。

「広田ユカに続いて、木島多恵までいなくなった時、正直、私は、全て芝居じゃないかと、思った。三上本部長は、完全に、芝居と決めつけていたよ」

と、十津川は、いった。

「芝居って？」

「失踪ごっこ」

「ひどいわね」

「ああ、今になれば、ひどい推理をしたものだと思うよ」

と、十津川は、いった。

だが、そのあと十津川は、煙草に火をつけてから、

「だけど、妙な事件だなという思いは、変らないね」

「失踪ごっこという推理は、間違いだと、わかったんでしょう？」

「ああ。それはね。ただ、おかしいのは、最初に失踪した広田ユカが、いぜんとして、見つかっていないのに、木島多恵の方は、失踪してすぐ、見つかったということなんだ。し

かも、死体でね」

と、十津川は、いった。

「それは、私も、不思議な気がしてるけど、説明がつかなくはないわ」

「どんな説明かな?」

「広田ユカさんは、とっくに殺されて、死体は、沖に流されてしまっているということ。だから、見つからないんじゃないか」

「なるほどね。しかし、それなら、木島多恵の死体だって、沖に流れるようにしたらいいんじゃないかと、思うがね。それなのに、円月島の近くの海に、放り込んでいる。あそこは、今日も見た通り、グラスボートが走ったり、海女の実演があったりして、どこよりも、死体が、見つかりやすい場所だよ。見つけられてもいいと、思っているように思えて、仕方がないんだ」

と、十津川は、いった。

「じゃあ、犯人が、わざと、多恵さんの死体を、発見させたというわけ?」

直子は、十津川を見た。

「そんな風に見えるということだよ」

と、十津川は、いい直した。

十津川は、部屋に戻ってから、東京の亀井刑事に、電話をかけた。

円月島近くの海で、木島多恵の死体が見つかったことを告げると、亀井は、

「彼女の方が、広田ユカより先に、見つかったんですか」

と、いった。

「カメさんも、意外だと思うか」

と、十津川は、苦笑した。

「順序が逆ですからね」

亀井は、そんないい方をした。

「見つかった場所は、海岸から八十メートルぐらいでね。近くでは、いつも、観光客を乗せたグラスボートが、動いていてね。海女が、もぐったりしているんだ。海中の死体を見つけたのも、その海女の一人なんだよ」

「まるで、死体を見つけ出してくれみたいなことですね」

と、亀井も、いう。

「同感だな」

「警部は、どう解釈されたんですか？」

「いろいろ、考えられるよ。広田ユカの死体さえ見つからなければ、木島多恵の死体は、いつ見つかっても構わないと、犯人は、考えているのかも知れない。そうも、考えられる」

と、十津川は、いった。

「そうですね」

「県警は、木島多恵が、ホテルで消えてからの足取りを追っている。何かわかれば、捜査は進展するんじゃないかね」

「同一犯人と、警部は、思っているんですか？」

と、亀井が、きいた。

「誰とだ？」

「東京で、近藤を殺し、広田ユカを誘拐した犯人とです」

「多分ね」

と、十津川は、肯いてから、

「そちらの様子は、どうだ？　島崎弁護士の動きは？」

と、きいた。

「それが、つかみきれず、参っています。何しろ、まだ、容疑者というところまでいっていませんので、監視や、尾行が難しいのです。何かあれば、すぐ、抗議して来ますからね」

と、亀井は、いった。

「木島多恵が殺されたのは、九月七日の午後二時から四時の間なんだ。何とか、その時間の島崎のアリバイを、調べてみてくれないか」

と、十津川は、いった。

「島崎に、直接、聞くのは、難しいでしょうね？」

「出来れば、内密に調べて欲しい。相手を、油断させておきたいんだ」

と、十津川は、いった。

「何とか、やってみます」

と、亀井は、いった。

3

新聞は、円月島の事件を、大きく報じた。

夏の季節がおわり、白浜の海岸が寂しくなっていた時の殺人事件である。

しかも、殺されて、海中に沈んでいたのは、若い女なのだ。それを発見したのは、海女。

なおいえば、この前に、東京の若い女が、白浜で失踪し、ハンドバッグなどが、見つかったという序曲があった。

新聞が、大きく取りあげるのも、当然だったかも知れない。

犯人は、いったい誰なのか?

県警だけでなく、マスコミも、この事件を追いかけ始めた。

その結果、十津川も、直子も、記者たちにつかまり、やたらに、質問される羽目になった。

特に、直子の方は、殺された木島多恵と、一緒にいたということで、記者や、テレビカメラの集中攻撃を受けていた。

十津川は、その間に、ひとりで、白浜警察署に行き、捜査の状況を、署長に、きいた。

「参りましたよ」

と、署長は、十津川に向って苦笑した。

「マスコミのことですか?」

「そうです。この白浜では、久しぶりに起きた大事件ですからね。各新聞の白浜支局も、大張り切りだし、テレビ局も、押しかけてくる。死体の発見者の海女さんなんか、どこかのテレビ局に監禁されてしまったようで、いくら探しても、見つからんのですよ」

と、署長は、いった。

「私の家内も、記者さん連中に、追いかけられています」

と、十津川は、笑った。

「そうでしょうな」

「警察の捜査状況は、どんな具合ですか？」

と、十津川は、きいた。

「われわれとしては、木島多恵が、ホテルで朝食をすませてから、同じ日の午後二時ないし四時に殺されるまでを、追いかけています。ひとりで、行動したのか、それとも、誰かと一緒だったのか、一緒だったとしたら、どんな人間がいたのかをです」

「何かわかりましたか？」

「午前九時十五、六分に、彼女と思われる女が、ホテルを出て行くのを、見たという目撃者が見つかりました。服装などから、彼女とみていいだろうと、思います」

と、署長は、いった。

「九時十五、六分ですか」

「そうです」

「ひとりで、出て行ったんですか?」

「そうです。ひとりだったと、目撃者は、いっています」

「しかし、なぜ、ホテルのフロントは、気付かなかったんだろう? 部屋のキーを、フロントに預けなかったとしても」

「それを、フロントにきくと、丁度、その時刻に、観光バスで来た団体客が、チェック・アウトして、どっと出て行ったんだそうです。木島多恵は、それに、まぎれて、ホテルを出たと、思われます。ただ、団体客が、駐車場の観光バスの方に、どっと、歩いて行くのに、彼女だけが、ひとりで、歩いて行ったので、目撃者の方も、よく覚えていたそうです」

「なるほど」

「ただ、木島多恵が、ホテルを出たあと、どうしたのかは、わからないのです」

「それでも、ひとりで、ホテルを出たことがわかっただけでも、大変な収穫ですよ」

と、十津川は、賞賛するように、いった。

署長は、嬉しげに、笑顔になってから、

「もう一つ、収穫らしきものがあるのです」

と、いった。

「聞かせて下さい」

「円月島の近くの、道路沿いに、サンゴなどを売っている土産物店があります」

「私も、見ました」

「そこに、駐車場があるんですが、九月七日の夜から、ずっと、駐車している車があったことが、わかったのです」

「かなり広い駐車場ですね」

「そうです。あの店は、午後六時に閉めて、店の人間は、帰宅します。その時点で、駐車場は、空になるんですが、翌八日の朝、店の者が、来てみると、駐車場の隅に、ワゴン車が一台、とまっていたというのです」

「面白いですね」

「そして、今日になっても、そのワゴン車を、取りに来る人間がいないというのです。それで、興味を持って、取りに行かせました」

と、署長は、いう。

「和歌山ナンバーですか？」

「そうです。調べたところ、九月六日に、紀伊田辺で盗まれたものだとわかりました」

「盗難車――ですか」

「盗難届も出ていたし、持主は、よく調べてみましたが、今回の事件に関係がないことが、わかりました」

「となると、犯人が、今回の犯行のために、前日に、盗んで、紀伊田辺から、この白浜まで、持って来たということですかね」

と、十津川がいうと、署長は、大きく肯いて、

「その可能性が大きいと思い、持主の了解をとって、現在、車内などを、調べているところなのですよ」

と、いった。

白浜警察署の庭に出ると、問題のワゴンが、置かれていて、鑑識が、車内の写真を撮り、指紋の採取作業をやっていた。

ブルーと、ホワイトのツートンカラーのワゴン車である。

十津川は、署長と、車に近づいた。

「指紋は、採れそうか？」

と、署長が、きくと、鑑識の一人が、

「ハンドルや、ドアのノブなどは、きれいに、拭き取られていて、指紋は出ません」

と、いった。

「指紋は、消してあるか――」

「そうです。指紋は出ませんが、犯行に使われた可能性は、強くなりました」

と、鑑識の一人が、いった。

このワゴン車は、５ドアだ。後尾の一枚ドアが、開くようになっている。

鑑識は、そのドアを開けて、調べていたが、

「ちょっと、来て下さい」

と、署長を呼んだ。

署長と、十津川が、そこに、廻った。

「何か見つかったか？」

と、署長がきくと、その鑑識課員は、開いたドアの内側を、指でこすってから、それを

なめて、

「塩からいですよ」

と、笑った。

「塩からいって、何のことだ？」

「ドアの内側の、この革を張った部分ですが、黒ずんでいるでしょう。濡れた跡みたいに見えるんです。ただの水なら、乾けば、何の痕跡も残らないと思いましてね。手でこすって、なめてみたら、ちょっと、塩からいんです」

「海水か？」

「そうだと思います」

「海水に濡れたものを、積んで、運んだということかな？」

「そう思いますね」

「十津川さんは、どう思われます？」

と、署長は、十津川を見た。

「木島多恵は、七日の午後二時から四時の間に、殺されています。しかも、海水が肺に入った溺死です。といって、グラスボートが、走り廻り、海女がもぐる円月島近くで、真っ昼間、溺れさせて、殺したとは、考えられません。殺したのは、他の、人の気配のない海岸でしょう。そのあと、暗くなってから、死体を、このワゴンに積んで、円月島まで運び、海に投げ込んだんじゃないでしょうか」

と、十津川は、いった。

「それで、海水で濡れた死体のために、ドアの内側などが、濡れたということですかね」

「他に、考えようがありません」

「しかし、そうなると、なぜ、そんな面倒くさいことをしたのかが、疑問になってくるなあ」

署長は、首をかしげた。

「殺した海岸に、放っておけばいいということですね」

と、十津川。

「そうですよ。午後二時から、四時という真っ昼間に、木島多恵を殺しても、人に気付かれない場所だったわけでしょう。しかも、海岸だ。それなら、苦労して、ワゴンで、円月島まで運ばなくても、殺人現場の海に、沈めておけば、いいわけですからね」

と、署長は、いった。

4

「犯人は、殺人現場を、絶対に知られたくなかったということも、一つ考えられますね」

と、十津川は、いった。

「なるほど。その場所が、わかってしまうと、犯人も、わかってしまう場所ですか」

「そうです」

「しかし、なぜ、円月島に運んだのかという疑問は、残りますね」

と、署長は、当然の疑問を、口にした。

「なぜ、他に運ばなかったのかということですね？」

「もっと、人の来ない海岸は、いくらでもありますからね。例えば、ワゴン車を用意してあったんですから、白浜から遠い海岸にだって、運べたわけですよ。それなのに、白浜の、すぐ見つかるような海に投げ捨てたのか、それがどうも、わかりませんねえ」

と、署長は、しきりに、首をひねっている。

「私にも、わかりません。唯一の解釈は、なぜだかわからないが、犯人は木島多恵の死体を、早く見つけられたかったに違いないということです」

と、十津川は、いった。

署長は、小さく、肯いて、

「そうなんですよ。その奇妙さの中に、今回の事件を解くカギがあるような気も、してくるんですがね」

と、いった。

「木島多恵の家族には、知らせたんですか？」

と、十津川は、きいた。彼女の家族が、遺体を引き取りに来たということを、聞いていなかったからである。

「それなんですがねえ」

と、署長は、急に、当惑の表情になって、

「家族が、どこにいるか、わからないのですよ。十津川さんは、ご存知ありませんか？」

と、逆に、聞いてきた。

「――――」

十津川も、困ってしまった。

考えてみると、先に失踪した広田ユカのことは、いろいろと、調べたのだが、木島多恵のことは、ほとんど、調べていなかったのだ。

広田ユカの親友ということぐらいしか、わかっていない。

誰だって、脅迫され、失踪した女性と、心配して、それを探している友人がいれば、失踪した女性に重点をおいて、調べるだろう。

探している女友だちの経歴や、性格などを、調べたりはしないだろう。

十津川は、虚を突かれた感じで、狼狽(ろうばい)した。

彼は、白浜署の電話を借りて、東京の捜査本部にかけた。

亀井が、電話口に出る。

「至急、調べて貰(もら)いたいことが出来た」

と、十津川は、いった。

「どんなことですか？」

「円月島で死んでいた木島多恵のことを、調べて欲しい」

「わかりましたが――」

と、亀井は、電話の向うで、あいまいないい方になり、

「彼女は、ただ、広田ユカを探していたために、殺されたんじゃありませんか？　そうだとすると、犯人に殺されたのは、うるさい存在だったからということになりますが」

「私も、最初は、そう思ったんだ」

「違うんですか？　木島多恵も、近藤真一から、脅迫の手紙を受け取っていたんですか？」

と、亀井が、きく。

「いや、それはないだろう。もし、そうなら、私の家内に話している筈だが、それはなかったといっている」

「じゃあ、なぜ、木島多恵を？」

「実は、こちらに来て、いきなり、彼女の水死体を見て、疑問がわいてきたんだよ。最初に誘拐された広田ユカは、所持品が、やたらに見つかるのに、死体は、いっこうに、見つからない。それなのに、木島多恵は、簡単に死体が見つかってしまった。しかも、こちらで、地形を見ていると、犯人は、わざと、見つかりやすいところに、死体を運んで、投げ込んだとしか思えないんだよ」

「すると、犯人が、本当に殺したかったのは、広田ユカではなくて、木島多恵だということですか？」

と、亀井が、きく。

「いや、そこまでは、いえないが、木島多恵が、どんな女なのか、調べる必要があると思ってね」

と、十津川は、いった。

「わかりました。すぐ、調べます」

「私は、明日、東京に戻る。それまでに、調べておいてくれ」

と、十津川は、いった。

電話がすむと、十津川は、ホテルに戻った。

妻の直子は、やっと、記者たちから解放された様子で、ロビーのソファで、ぐったりしていた。

十津川は、彼女を、ロビー内のティールームに連れて行き、一緒に、コーヒーを飲むことにした。

コーヒーを飲むと、直子は、少し生気を取り戻した表情になって、

「口惜しくて仕方がないわ。私がついていたのに、死なせてしまって――」

と、いった。

「彼女は、君と一緒の時、自分自身のことを、何か喋ったかな？」

と、十津川が、いう。

「少しはね。でも、いつも、友だちの広田ユカさんのことを心配していたわ」

「木島多恵というのは、どんな女性なんだ？」

「ＯＬよ」

「それは、知ってるんだが――」

「友だち思いだわ」

「うん」

「自分のことは、天涯孤独みたいないい方をしてたわね。だから、なお更、友だちの広田ユカさんを大切にしたいんだって」

「なるほどね。それで、ここの警察も、彼女の家族に連絡を取ろうとしたが、どうしても、取れなくて困っていると、いっていたんだな」

と、十津川は、いった。

「そうね。なんでも、彼女が高校生の頃、両親が離婚して、母親の手で、育てられたらしいんだけど、その母親も、彼女が、二十歳になった時、病死したといってたわね」

「すると、父親は、生きているのか」

「と、思うけど、そこまで詳しくは、話してくれなかった」

と、直子は、いった。

5

翌日、十津川は、直子を連れて、帰京するつもりだったが、彼女は、どうしても、白浜に残るといって、聞かなかった。

気持はわかる。一緒に、広田ユカを探していた木島多恵が、殺されてしまった。自分が守ってやれなかったという思いと、口惜しさだろう。

一度いい出したら、聞かない性格である。

「気をつけてくれよ。君まで殺されてしまったら、かなわないからな」

と、十津川は、いい残して、南紀白浜空港から、東京行の飛行機に乗った。

東京に着くと、すぐ、捜査本部に、直行した。

まず、三上本部長に、木島多恵の水死体が見つかったことを、改めて報告してから、亀

井に、

「わかったか？」

と、声をかけた。

「少しですが、わかりました」

と、亀井が、答える。

「じゃあ、聞かせてくれ」

と、十津川は、いった。

十津川は、亀井と、二人だけになった。

「木島多恵の性格ですが、これは、勤務先のR建設の同僚や、上司が、異口同音にいっていますが、優しくて、友だち思いだと。彼女と、広田ユカは、同じ短大を卒業していますが、その短大の同窓生にきいても、同じ答が、戻ってきますね。涙もろいという人もいます」

「その性格を、利用されたのかな？」

「と、いいますと？」

と、亀井が、きき返す。

「広田ユカが、脅迫された上、失踪してしまったら、優しくて、友だち思いの木島多恵は、必ず、ユカを探す。犯人は、そこまで読んでいたんじゃないかと思ってね」

と、十津川は、いった。

「なるほど。犯人が、木島多恵を、おびき寄せて、南紀白浜で殺したということですか」

「そう考えられないことも、ないということだよ」

と、十津川は、いった。

「次に、木島多恵の生い立ちですが、彼女は、福島県の会津若松の生れです。父親の久保田誠は、彼女が生れた後、東京に出て従業員五十人足らずの工場を経営していました。自動車の部品を作る会社です。多恵が高校二年の時、両親は、離婚、彼女は、母親と一緒に、暮らすことになりました。母親の和子は、旧姓の木島に戻り、多恵も、木島多恵になったわけです。短大を卒業し、R建設に入社してすぐ、母親の和子は、病死しました。きょうだいがいないので、多恵は、ひとりぼっちになってしまったわけです」

「父親の久保田誠は、その後、どうなったんだ？」

「それなんですが、離婚して、二年後に、やっていた会社、工場が倒産したことは、わかりました。もともと、野心家の久保田は、いろいろな方面に、手を伸したのが、倒産の原因だったといわれています。その後、どうなったかが、今のところ、わかりません」

と、亀井は、いった。

「多恵は、母の亡くなったあと、父親に、会っていたんだろうか？」

「木島多恵のマンションを、調べてみました。もし、父親と音信があったのなら、手紙なんかがあるのではないかと思ったからです」

「それで、見つかったのか？」

と、十津川は、きいた。

「残念ながら、見つかりませんでした。ただ、父親の写真は、見つかりました」

と、亀井はいい、ポケットから、二枚の写真を取り出して、十津川に見せた。

一枚は、中年の男が、十代の木島多恵と並んで写っているもの、もう一枚は、その男が、作業服姿で、車の横で、笑っている写真である。

「これが、父親か？」

「そうです。現在、四十九歳の筈です」

「カメさんのいった通り、野心家という感じだな。或いは――」

「大ぼら吹きみたいなですか」

「まあね」

と、十津川は、笑ってから、

「何とか、この父親を見つけ出したいな。今、どこで、何をしているか知りたいんだ」

「父親が、木島多恵の死の原因になっていると、お考えですか？」

と、亀井が、きいた。不審げな表情なのは、友人の広田ユカを探していたために殺されたと考えるからだろう。

十津川も、その線は、まだ、完全に捨てたわけではない。

「それはわからないが、とにかく、木島多恵の全てを知りたいんだよ」

と、十津川は、いった。

「西本と日下の二人に、久保田誠の追跡調査をさせましょう」

と、亀井は、いった。

十津川は、ひとりになると、亀井が渡した二枚の写真を、机の上に並べた。

写真に写っている久保田誠の顔は、ちょっと癖のある顔である。

野心家にも見えるし、大ぼら吹きにも見えるといったが、だらしがない男にも見えるのだ。

会えば、調子のいい男だろう。仕事が上手くいっている時はいいが、上手くいかなくなると、何をするかわからない。他人を平気で欺したりしかねない。

多恵の母親は、そんな夫に愛想をつかして、離婚したのかも知れないと、思ったりする。

夕方になって、西本と日下から、電話が入った。

「JR蒲田駅近くの、久保田の会社の跡ですが、今は、駐車場になっています。昔、工場があったという面影は、全くありません」

と、西本が、いう。

「その辺に、久保田のことを知っている人間が、いるんじゃないのか？」

と、十津川は、きいた。

「この辺は、中小企業が多いところで、久保田のことを知っている人間も、何人もいます。それで、彼等に会って、久保田について、聞いてみました」

「久保田の評判は、どうなんだ？」

と、十津川は、きいた。

「いい、悪い半々ですね。久保田に、金を貸したのに、返さないまま、逃げてしまったと、怒っている人もいますし、何にでも手を出したから、会社を潰してしまったんだと、いう人もいます。ただ、逆に、久保田さんなら、また、金を儲(もう)けて、戻ってくるんじゃないかという人もいますね」

と、西本は、いった。

「今、何処(どこ)にいるかは、誰も知らないのか？」

「北陸の温泉町で、久保田を見かけたという人もいたりしますが、信憑性(しんぴょうせい)はありません。これから、久保田が、よく利用していたというクラブが、蒲田駅の近くにあるというので、二人で、行って来ます。久保田について、何か聞けるかも知れません」

と、西本は、いった。

西本と日下が、捜査本部に戻って来たのは、午後十二時近かった。

「クラブの名前は、トワイライトで、ホステスは三十人ほど。あの辺りでは、高級なクラブで通っているようです。ママは、五十五、六で、いかにも、海千山千といった女でした」

と、日下が、報告した。

「久保田は、その店へ、よく行っていたのか？」

「景気のいい時は、毎日のように、通っていたみたいだし、ホステスの一人に熱をあげていたそうです」

「現在の久保田のことは、誰も知らないのか？」

と、亀井が、きいた。

「久保田が、熱をあげていたホステスですが、名前は、三田ゆり。店での名前は、ユリだったんですが、どうも、彼女が、今でも、久保田と一緒にいるのではないかというのです」

と、日下は、いった。

「それ、どんな女なんだ？」

「写真を貰って来ました」

と、日下は、いい、二人のホステスが、久保田と一緒に写っている写真を、見せた。

店の中で、写したのだろう。久保田は、ご機嫌で、ニヤニヤ笑っているし、両側のホステスは、Vサインをしている。

「右側の女が、三田ゆりです」

と、日下が、いう。

「若いな」

と、亀井が、いった。

「この時、二十二歳ですから、今は、二十六歳の筈です」

と、日下は、答えた。

「なぜ、彼女は、倒産した久保田に、ついていったのかね？」

と、十津川は、きいた。

「ママにいわせると、久保田の大ぼらに欺されて、ついていったんじゃないかということでした。とにかく、大きなことばかり、いう男で、苦労人のママさえ、欺されて、五百万円を、久保田に渡してしまい、いまだに、返して貰っていないそうです」

「結局、今、何をしているか、わからないのか？」

と、亀井が、きく。

「それなんですが、三田ゆりから、最近、電話を貰ったというホステスがいました」

と、西本が、いう。

「それは、いつのことなんだ？」

「一カ月ほど前だったといっています」

「電話の内容は？」

「そのホステスが、心配して、今、どうしてるのかときくと、三田ゆりは、彼が、仕事に成功して、大金をつかんだから、そのうちに、そのクラブを買いに行くわと、呑気なことをいったというのです。みんなは、それを聞いて、ゆりまで、久保田さんみたいに、大ぼら吹きになっちゃったと、笑ったそうです」

と、西本は、いった。

「彼女は、久保田が、何をして、大儲けをしたかは、いわなかったのか?」

と、十津川は、きいた。

「それは、いわなくて、今度、会った時、びっくりするわよと、笑ってたそうです」

「何処から、電話して来たかは、わからないのか?」

と、亀井が、きいた。

「三田ゆりは、今、車の中からかけていると、いったそうです。それに、ベンツに乗ってるのよと、自慢そうに、いったというのです」

「ベンツの中から電話か」

「三田ゆりが、勝手にいってたんで、本当かどうかわかりませんよ」

と、西本は、いった。

6

木島多恵のことが、少しずつ、わかってきた。

正確にいえば、彼女の家族のことである。

「犯罪のタネになりそうな人間というと、父親の久保田誠ということになってくるね」

と、十津川は、西本と日下の報告を聞いたあとで、亀井に、いった。

「そうですね。うさん臭いところがありますから、どこかで、犯罪につながっている感じはしますが、今回の事件と関係があるかどうか」

と、亀井は、いった。

そこが、問題なのだ。今回の事件に無関係なら、久保田が、何をしようが、知ったことではない。

「久保田は、本当に、大儲けをしたんですかね?」

亀井は、腕を組んで、十津川を見た。

「なぜだ?」

「久保田が、相変らず、一文無しで、ぶらぶらしているのなら、今回の事件には、関係して来ないんじゃありませんかね。今回の事件にというより、犯罪に関係はないと、思います」

「そうだな。金が無ければ、なかなか、犯罪には巻き込まれないのも、事実だ」

と、十津川は、いった。

「やはり、久保田の居所を知りたいですね。会えれば、直接、今回の事件に関係しているかどうか、聞けますからね」

と、亀井は、いった。

「何だか、事件が、余計、ごたごたしてきたみたいな気がするね」

十津川は、表情に、いらだちを見せて、いった。

脅迫され、失踪した広田ユカを探し始めた頃は、単純な事件に見えたのだ。

だから、妻の直子に、委せておいた。探偵ごっこも楽しいと思ったからである。

あれで、広田ユカが見つかっていれば、お手柄の妻に、新しいハンドバッグでも買ってやって、誉めて、それで、終りだったのだ。

それが、変な方向に、折れ曲ってきた。実は、まだ、本当に折れ曲っているのかどうかわからないのだ。

広田ユカは、いぜんとして、行方不明である。

彼女と関係のあった男も怪しい。弁護士の島崎もである。

近藤を殺した犯人も、まだ、見つかっていない。

（この状況で、どんどん、捜査範囲を広げてしまって、いいのだろうか？）

そんな反省が、十津川の頭をかすめる。

ただ、捜査の範囲を広げたことが、正しければ、このまま捜査を進めていけば、モザイクが完成するように、一つの絵になってくれるだろう。

十津川は、南紀白浜にいる妻の直子に、電話をかけた。

「そっちは、どんな具合だ？」

と、十津川は、きいた。

「みんな、いらいらしているみたいだわ。いつまでたっても、広田ユカさんが、見つからないせいだと思うの」

と、直子は、いった。

「それは、よくわかるね。木島多恵さんの事件については？」

「必死で、目撃者探しをしているわ。ここの何人かの刑事さんに話を聞いたんだけど、犯人が誰かについて、意見が分れているみたい。中には、広田ユカさんが、犯人じゃないかという刑事さんもいるわ」

「それは、面白い考えだな」

「その刑事さんにいわせると、広田ユカは、何か理由があって、姿を隠そうとしたんじゃないか。自分が死んだことにしたかったんじゃないか。それなのに、木島多恵さんが、探し廻った。見つかれば、困る。そこで、とうとう、彼女を殺してしまったのではないかというわけ」

「なるほどね」

と、十津川は、肯いてから、

「木島多恵さんなんだが、彼女が別れた父親と、最近、会ったというようなことを、君に、いってなかったかね？　君は、彼女の相談相手になっていたみたいだから、父親のことで、何かいってたと思うんだが」

「彼女のお父さんが、見つかったの？」

と、直子が、きく。

「いや、探しているところだよ。ただ、大儲けをしたらしいという噂があるんだ。もし、本当に、儲けたのなら、別れた娘に、連絡してくるんじゃないかと思ってね」

「大儲けをしたの？」

「いや、本当かどうかわからない。噂だからね。ただ、儲けたのなら、別れている娘に、何か買ってやろうとするんじゃないかと思ってね」

十津川が、いうと、直子は、

「そういえば、彼女、こんなことをいってたわ。クリスマスになったら、欲しい欲しいと思っているシャネルのバッグが貰えるのって。その時は、恋人が、贈ってくれる約束になってるんだと、考えていたんだけど、ひょっとすると、お父さんかも知れないわね。大儲けをしたお父さんが、クリスマスに、シャネルのバッグを贈ると、約束してたのかも知れないわね」

「それなら、連絡は、あったんだ」

「そう思うわ」

と、直子も、いった。

それなら、久保田誠は、娘の死を知れば、南紀白浜にやって来るのではないか。

十津川は、久保田についてわかったことを、直子に伝えたあと、

「そちらの警察に話しておいてくれないか。木島多恵の父親が現われると思うので、もし、現われたら、おさえておいて、私に連絡してくれるようにだ。私も、久保田に、会いたいと、思っているのでね」

と、いった。

「わかったわ。伝えておくわ」

と、直子は、いった。

だが、翌日、翌々日になっても、白浜警察署の方から、久保田誠が現われたという知らせは来なかった。

三日目になって、聞き込みから戻って来た三田村と北条早苗が、

「R建設へ行って、広田ユカと、木島多恵について、聞いて来たんですが、その時、二人の同僚の女から、妙な話を聞いて来ました」

と、十津川に、いった。

「どんな風に妙なんだ？」

と、十津川は、きいた。

「東京で、広田ユカを見たという娘（こ）がいるんです」

と、三田村は、いった。

「それは、いつの話なんだ？」

と、十津川は、きいた。

「一昨日（おととい）のことだそうですわ」

と、早苗が、いう。

「場所は？」

「一昨日（おととい）、会社が終ってから、六本木を歩いていたら、広田ユカを見たというんですわ」

と、早苗が、いった。

「それ、間違いないのか？」

と、十津川は、きいた。

「見たというのは、二人のＯＬで、広田ユカのことをよく知ってる女性です」

「それで、広田ユカと、話をしたのか？」

と、十津川は、念を押すように、きいた。

「そこが弱いところなんですが、二人とも、離れたところから、広田ユカが歩いているのを見ただけで、声をかけようとしたら、人混みの中に、消えてしまったというのです」

と、三田村は、いった。

「話はしてないんだな？」

「そうなんです。だから、その女が、果して、広田ユカかどうか、断定は出来ないのです」

と、三田村が、いい、早苗は、それに付け加えるように、

「でも、二人は、あれは、間違いなく広田ユカだったと、いっていますわ」

と、いった。

「会社が終ってからだというと、午後六時頃か？」

と、亀井が、三田村と早苗に、きいた。

「いいえ。彼女たちは、六本木で遊んで、帰ろうとしている時に見たといっていますから、午後十時過ぎだそうですわ」

と、早苗は、いった。

「その時の、彼女の服装なんかも、覚えているのか？」

「黒っぽい服を着ていたといっていますわ」

「広田ユカは、ひとりで歩いていたのか？」

と、十津川は、きいた。

「はい。ひとりだったそうです」

と、三田村。

「他に、何か覚えているのかね？」

「何か、急ぎ足に歩いていたとは、いっていました。私は、何度も、彼女たちに、念を押したんですが、二人とも、間違いなく、広田ユカだったと、いっていますね」

と、三田村は、いった。

十津川は、亀井に、

「どう思う？」

と、きいた。

「正直にいって、これだけでは、判断がつきませんね。一昨日(おととい)の夜、六本木を歩いていたのが、広田ユカだったかも知れないし、二人のＯＬが、見間違えたのかも知れません。殺人事件が絡んでいますから、やみくもに、断定して、捜査を進めるのは危険だと思います」

と、亀井は、慎重ないい方をした。

「同感だが、広田ユカが、生きていて、六本木を歩いてたとしても、あまり、ショックは受けないのが、不思議だね」
と、十津川は、いった。

第五章　動機隠し

1

広田ユカが、六本木を歩いているのを見たという噂が、事実かどうか、いぜんとして、不明のままだった。

ただ、十津川は、そんな噂が出てくる理由に、興味を持った。

噂の主は、広田ユカの同僚のOL二人である。

十津川は、彼女たちに、会ってみた。二人とも、平凡なOLである。

別に、噂を流して、他人を驚かせようという気があるとも、思えない。

「あたしたちね。最初、あれは、ユカだと思ってたんだけど、みんなから、本当かって、聞かれると、だんだん、自信がなくなって――」

と、一人が、いう。

「あたしも」

と、もう一人もいう。

「君たちは、広田ユカが、失踪したことは、知っていたんだろう?」

と、十津川は、二人に、きいた。

「もちろん、知ってましたわ。南紀白浜の方で探しているのも知ってます。でも、いくら探しても、見つからないんでしょう? だから、きっと、東京に戻って来てるんじゃないかと、思ってたのよ。六本木で見たとき、ああ、やっぱり、東京に帰ってたんだと思ったんだけど、考えてると、自信がなくなっちゃって」

と、一人が、いった。

結局、二人とも、最初は、自信を持っていたのだ。今は、あやふやになっているという。

十津川は、これ以上の質問を止めて、亀井と、引きあげることにした。

「何も収穫がありませんでしたね」

亀井は、不満そうに、いった。が、十津川は、首を横に振って、

「いや、私は、収穫があったと思ってるよ」

「どんな収穫ですか？」

「人間の意識というやつさ」

「人間の――？」

「今の二人が、いってたじゃないか。広田ユカは、南紀白浜で死んだんじゃなくて、もう、東京に帰って来てるんじゃないかと。つまり、彼女が、東京に戻っていても、別に、不思議に思わない空気が生れているということだよ」

と、十津川は、いった。

「それは、わかりますが――」

「われわれは、本当に狙われたのは、広田ユカじゃなくて、木島多恵じゃないかと思い始めている。もし、そうだとすると、犯人にとって、難しいのは、幕引きの時期だと、思うのだ。下手にやると、本当の標的は、木島多恵だったと、はっきりわかってしまう。といって、本当に、狙われていたのではない広田ユカを、いつまでも、失踪したままにしておくわけにはいかない筈だ。とすると、いつか、何食わぬ顔で、東京に戻る必要がある。犯人は、今、そのタイミングをはかっているんじゃないかと、私は、思っているんだよ。今、二人のOLは、もう、広田ユカが、東京に帰っていても、別に、何とも思わないし、ああ、帰ってるんだと思っただけだといっていた。犯人が、もし、そうした空気を感じて、もう、広田ユカを、出現させていいと、思えば、彼女は、必ず現われると、私は、考えているんだ」

と、十津川は、いった。

「なるほど。確かに、そのタイミングが、問題でしょうね」

亀井も、肯いた。

「こちらの対応も、難しいんだ」

「どんなところがですか？」

と、亀井が、きく。

「われわれの推理が正しければ、広田ユカの失踪は、演技だし、木島多恵を殺した犯人の計画の一部ということになる」

「ええ」

「従って、広田ユカが、現われたら、彼女から事情を聞きたい」

「私も、聞きたいです」

「うまくやれば、彼女から、犯人の名前と、犯人の本当の目的を聞き出せるだろう」

「しかし、広田ユカは、必ず、現われれば、失踪は本ものだったと、主張しますよ。誘拐されていたというかも知れないし、監禁されていたと、いうんじゃありませんかね」

「多分。そうだろう。その時、その主張を、突き崩せれば、犯人に、迫れるんだがね」

と、十津川は、いった。

今や、十津川の頭の中でも、広田ユカは、生存しているという方に、傾いてしまっていた。

二人のＯＬが、六本木で、広田ユカらしい女を見たというのも、多分、本当だろうと、十津川は、思った。

「もし、それが、広田ユカだとすると、彼女は、六本木で、何をしていたんですかね？」

と、亀井が、いう。

「わからない。六本木で、誰かに、会っていたのかも知れないし、或いは、もっと、勘ぐれば、ちらちら姿を見せて、世間というか、警察というか、反応を見ているのかも知れないとも、思うよ」

と、十津川は、いった。

2

十津川は、広田ユカが、間もなく、姿を現わすだろうと、思った。

もちろん、ただ、それを待つというだけでなく、こちらからも、いろいろな触手を伸ばして、広田ユカを、探した。

その一方、木島多恵が、本当に標的だとしたら、なぜ、彼女が、狙われたかを、続けて、調べていた。

気になるのは、多恵の父の久保田誠だが、いぜんとして、行方が、わからなかった。

二人のＯＬに話を聞いて、三日たって、また、広田ユカを、六本木で見たという話が聞こえてきた。

今回、彼女を見たのは、彼女の上司だった。

早速、十津川と亀井が、その上司に会ってみた。

彼は、前日の夜、十時半頃、同僚と六本木を歩いていて、広田ユカを見たというのである。

今回は、前のＯＬ二人よりも、自信のあるいい方だった。

「あれは間違いなく、広田クンでしたよ。僕が、いつも見なれていた髪型じゃなかったし、着てるものも、やたらに豪華だったけど、広田クンでしたね」

と、その係長は、いった。

「声をかけたんですか？」

「ええ。かけました」

「そうしたら、どんな反応が、ありました？」

と、十津川は、きいた。

「聞こえなかったのか、そのまま、歩いて行ってしまいました。それで、少し、自信がなくなったんですが、やはり、あれは、広田クンでしたよ」

「その場所は、覚えていますか？」

と、亀井が、きいた。

「ええ」

と、相手は肯き、地図で、その場所を示した。

そこは、ＯＬ二人が、広田ユカらしい女を目撃したといっていた場所の近くだった。

「どうやら、広田ユカと考えていいみたいですね」

と、亀井が、十津川に、いった。

「その時、彼女は、一人だったんですか？」

と、十津川は、上司に、きいてみた。

「ええ。一人でした」

と、相手は、答えた。

十津川は、部下の刑事たちに、広田ユカの顔写真を持たせ、六本木に、張り込ませることにした。

二日間が、見つからずに、過ぎた。

三日目の夜、張り込んでいた刑事たちの一人、西本から、携帯電話で、連絡があった。

——見つけました。広田ユカに間違いないと思います

「彼女は、一人か？」

——一人です。今、尾行していますが、どうしますか？　連れて帰りますか？

「どこに行くのか、確認してくれ」

——今、マンションの前です。彼女は、ここに入りました。豪華マンションで、ここの502号室です

「そこに、住んでるのか？」

——そう思いますが、郵便受の名前が、違っています。有田となっています

「広田ユカに、間違いないんだろうね？」

——彼女だと、思っています

「これから、そちらへ行く」

十津川と、亀井は、パトカーで、六本木に、急行した。

西本のいったマンションの前に着く。

七階建だが、新築の、確かに、豪華な感じのマンションである。

西本が、その前で、待っていた。

「カードを持っていないと、門が開かない仕組みになっていますが、警察手帳を見せて、管理人に開けて貰いました」

と、西本が、いう。

「高そうなマンションだな」

と、亀井が、「ヴィラ六本木館」とある看板を見やって、いった。

「管理人の話では、2DKで、二十五万円だそうです」

と、西本が、いう。

管理人に、門を開けて貰って、中に入る。

ずらりと並んだ郵便受の502号のところに、「有田」と、あった。

「とにかく、会ってみよう」

と、十津川は、いった。

三人は、エレベーターで、五階にあがった。

静かなマンションだった。六本木という土地柄や、普通のサラリーマンでは、ちょっと住めそうもないことを考えると、水商売の女性などが住人に多いのかも知れない。それで、この時刻、静かなのか。

502号の角部屋の前へ行き、ドアのベルを鳴らした。

室内で、人の動く気配がして、ドアが、細目に開いた。

ガウン姿の女の顔が、見えた。

（広田ユカだ）

と、十津川は、思った。写真で見た顔なのだ。

「どなたですか？」

と、彼女が、チェーンをかけたまま、きいた。

十津川は、警察手帳を見せて、

「広田ユカさんですね？」

と、きいた。

相手は、何のためらいもなく、

「いいえ」

と、いった。

「話をお聞きしたいんですが」

「どんなことでしょうか？」

と、相手は、用心深く、きく。

「広田ユカさんのことで」

「そういう方は、知りません」

「ちょっと、中に入れてくれませんかね」

と、横から、亀井が、少し、大きな声を出した。

相手は、考えていたが、チェーンを外して、

「どうぞ」

と、いった。

三人の刑事は、中に入った。

2DKだから、そう広くはない。だが、隅々にまで、設計が行き届いた、豪華な造りだった。

調度品も、高価な感じのものが、並べられている。どう考えても、OLの部屋という感じはなかった。

「こんな格好で、失礼します。これから、寝ようと思っていたところなんです」

と、相手は、落ち着いた口調で、いった。

「広田ユカさんじゃないんですか？」

もう一度、十津川が、きいた。

「私の名前は、有田みどりですけど」

と、女は、いう。

「有田みどり——さん？」

「はい」

「われわれは、広田ユカという女性を、探しているんです」

「それなら、人違いだから、お帰り下さい」

と、相手は、相変らず、落ち着いた声で、いう。

「この人が、広田ユカさんなんですがね」

十津川は、持って来た顔写真を、見せた。

女は、それを、手に持って、見ていたが、

「確かに、私に似ていますけど、私じゃありませんわ」

と、いって、十津川に、返した。

「失礼だが、運転免許証を、お持ちなら、見せて貰えませんか？」

と、亀井が、いった。

「あいにく、持っていませんわ。車は好きなんですけど、運動神経がないので、免許を取るのは、諦めました」

と、いい、女は、初めて、小さく笑った。

「何をしていらっしゃるんですか？」

と、西本が、きく。

「親の遺産が入りましたから、しばらく、どこへも、勤めずに、のんびりしたいなと、思っているところですわ」

と、女は他人事みたいに、いった。

「それまでは、ＯＬでもなさっていたんですか？」

「家事手伝いをしていました」

「ご両親は、何処の方ですか？」

と、十津川が、きいた。

「ちょっと待って下さい」

と、女は、急に、身構えて、

「私が、何かしたんでしょうか？」

「われわれが探している女性に、あまりにもよく、似ているものですから」

「それなら、もうお答えしましたわ。私は、有田みどりですって。それで、用はすんだと思いますけど」

「何か有田みどりだという証明みたいなものがあれば、見せて頂けませんか」

「なぜですか？　本人の私が、有田みどりだと、申し上げているのに」

「よくわかりますが、何しろ、殺人事件を調べているので、納得したいのです」

と、十津川は、いった。

「いきなり、証明しろといわれても――」

と、女は、当惑した表情になったが、奥から、さまざまなカードを持って来て、テーブルの上に並べた。

「ごらんのように、全部、有田みどりの名前ですわ。預金も、その名前でしていますし。これ以外に、証明のしようがありませんわ」

と、女は、いう。

「しかし、あなたは、広田ユカなんだ！」

と、若い西本が、声をあげるのを、十津川は、手で制して、女に、

「今もいったように、殺人事件を追っているので、われわれも、困っているのですよ。あなたを、われわれが、事情聴取をしたい広田ユカさんだと主張する人がいるのです」

「どうしたら、わかって貰えるんですか？」

「申しわけないが、一筆、書いて頂けませんか」

と、十津川は、いった。

「一筆といいますと？」

「うちの本部長を納得させたいので、住所と名前を書いて、広田ユカという人に似ているので、迷惑していますが、彼女ではありませんと、書いてくれませんか」

と、十津川は、いった。

女は、むっとした顔になって、

「私が、なぜ、そんなものを書かなければいけないんですか？」

「お怒りになるのは、よくわかりますが、うちの本部長も、あなたを見れば、きっと、広田ユカさんだといい、すぐ、署に来て貰えというに、決っています。そうなると、また、ごたごたすると思うのです」

「わかりましたわ」

と、女は、急に折れて、便箋を持ってくると、それに、ボールペンで、十津川のいう通りに、書き出した。

十津川は、それを受け取って、

「どうも、失礼なことをお願いして、申しわけありません。これで、本部長も、納得してくれると思います」

と、十津川は、頭を下げた。

マンションを出ると、十津川は、今の念書と、広田ユカの写真を、西本に渡して、

「君は、これを持って、先に帰ってくれ。筆跡鑑定と、その写真には、女の指紋がついている筈(はず)だから、広田ユカの指紋と照合するんだ」

「警部は、どうされるんですか？」

「カメさんと、しばらく、ここで、あのマンションを、見張ってみる」

と、十津川は、いった。

西本が、その二つを持って帰ったあと、十津川と亀井は、覆面パトカーの中で、マンションに、眼をやった。

十津川は、助手席で、煙草をくわえて、火をつけた。

「警部は、あの女、どう思われました？」

と、亀井が、ハンドルに、手を置いて、十津川に、きいた。

「広田ユカかどうかということか？」

「そうです」

と、亀井が、肯く。

十津川は、煙草の煙を逃がすために、窓を小さく開いてから、

「まず間違いなく、広田ユカだと思うがね。ただ、ああいう出現の仕方をするとは、意外だった。どこか、南紀白浜あたりの病院で、入院しているところを見つかるんじゃないか。誘拐、監禁されていたところから、必死で逃げて来て、気を失い、病院に収容されたということでね。ところが、別人で、現われた――」

「そうですね。有田みどりという女を、演じていると思いますか？　それとも、ひょっとして、記憶を失って、有田みどりという別の人間になってしまっているのか」

と、亀井が、いう。

「今のところ、どちらともいえないな。そのうちに、わかってくるさ」

と、十津川は、いった。

三十分ほどして、十津川が、引き揚げようかと、思った時、マンションから、あの女が、出て来た。

コートの襟を立てている。

（何処へ行くのか？）

と、十津川は、緊張した。が、彼女は、マンション近くのコンビニに、入って行った。

（何だ。買い物か）

と、十津川は、少し、がっかりした。

コンビニのガラス越しに、中に入った女の行動が、少しだけだが、十津川たちの車からでも、わかった。

棚のかげに廻ってしまうと、わからなくなる。

女は、果物などをカゴに入れたあと、週刊誌が並べてある棚の前に立ち止まり、週刊誌を、読み始めた。

（いやに、熱心だな）

と、十津川は、見ていた。

三十分近く、週刊誌のところにいたろうか。果物だけを買い、それをビニールの袋に入れて、女が、出て来た。

そのまま、まっ直ぐに、マンションに、入ってしまった。

十津川は、車を出ると、コンビニに、入って行った。

中に、三人ほどの客がいた。

十津川は、レジのところに行き、そこにいた若い男の店員に、警察手帳を見せて、

「今、そこの棚で、週刊誌を見ていた若い女なんだが」

「ああ、あのお客さんですか」

「よく来るのか？」

「そうね。一週間に、二回くらいかな」

「週刊誌が、好きなようだね？」

「週刊パックがね」

「なぜ、わかる？」

「あのお客さん。週刊パックしか興味がないみたいで、他の週刊誌を、見ていたことがないんです。変なお客なんですよ」

と、店番の青年は、いった。

「今日、週刊パックは買って行ったの？」

「いえ。見ただけで、買って行きませんでしたよ。あの人、いろいろなんです。買って行

くこともあれば、見ただけで、帰ってしまうこともあるんです」

「他の週刊誌は、見ないというのは、本当なの？」

「本当です」

「週刊パックは、他の週刊誌に比べて、面白いのかな？」

十津川が、きくと、相手は、ニヤニヤ笑った。

「何が、おかしいんだ？」

「一番面白くない週刊誌ですよ。多分、間もなく、廃刊になると思うなあ」

と、店番の青年は、笑いながらいった。

十津川は、雑誌の棚から、週刊パックを取って、買って帰ることにした。

十津川は、それを持って、車に戻った。

「週刊誌ですか」

と、亀井が、いう。

「有田みどりが、必ず、見て、買っていったりするんだそうだ」

「週刊パックって、まだ、あったんですねえ。とっくに、つぶれていたと、思ってましたが」

と、亀井は、いった。

「そんなに詰まらない週刊誌かね」

十津川は、興味を持って、ページを、繰っていった。

なるほど、面白くない。

ヘアヌードのグラビアがあって、センセーションだけを狙った、見出しだけが大げさだが、内容は平凡で、詰まらない記事が、並んでいる。

新聞社や、大手出版社のものに比べて、調査能力が小さいせいだろう。深く突っ込んだ記事が見当らない。

発行元を見ると、週刊パック社となっている。

（なぜ彼女は、この週刊パックだけ、好きなんだろう？）

と、十津川には、不思議だった。

若い女が、引きつけられるものは、何もない気がするのだ。

流行や、料理の紹介があるわけでもない。

（おかしいな）

と、十津川は、思った。

どうしても、彼女が、なぜ、この週刊パックだけを読むのか、わからないのである。雑誌の棚には、華やかな女性週刊誌も、並んでいたのだ。有名週刊誌も、妍を競っていた。

なぜ、そちらに、全く、手を伸ばさなかったのだろうか？

十津川は、もう一度、週刊パックのページを、繰っていく。

記事の一つか、二つに眼を通す。やはり、面白くないのだ。

若い女だったら、もっと、面白くないだろうと、思った。

十津川と亀井は、捜査本部に戻った。十津川は、北条早苗刑事に、持って来た週刊パックを、見せた。

「若い女が見て、面白いかどうか、正直なところを、ききたいんだ」

と、十津川は、いった。

早苗は、まじめに、読んでいたが、

「女の子が、面白いと思う週刊誌じゃありませんわ。退屈だし、記事もお粗末ですしね」

と、感想を、いった。

「そうか。やっぱり、そう思うか」

十津川は、肯いた。

「妙な女ですね。有田みどりというのは」

と、亀井が、いった。

「そこが、面白いというか、引っかかるところだな」

と、十津川は、いった。

3

有田みどりの筆跡の方の照合は、進んでいった。

広田ユカが、書いたものが、彼女の女友だちのところに、あったからである。

二つの筆跡は、科研に廻されて、専門家が、調べることになった。

問題は、指紋の方だった。

有田みどりの指紋は、十津川が、彼女に渡した写真に、はっきりと、ついていて、すぐ、採取することが出来た。

問題は、広田ユカの指紋である。

彼女が住んでいた東中野のマンションは、広田ユカの指紋の宝庫の筈だった。

ところが、鑑識が行って、指紋を、採取しようとすると、これが、出来ないのである。鑑識も狼狽したし、十津川も、戸惑った。

「採取できないというのは、どういうことですか？」

と、十津川は、電話で、鑑識に、きいてみた。

「誰かが、あの部屋に入って、拭き取ったんじゃないかと、思いますね」

と、鑑識が、答えた。

広田ユカが失踪中に、誰かが、彼女の部屋に、忍び込んで、指紋を拭き取ってしまったらしい。

「すると、指紋は、検出できませんか？」

と、十津川は、きいた。

「それは、何とかやってみます。部屋のドアや、柱、机などは、拭き取られてしまっていますが、小さなものまでは、拭き取ってないと、思うのです。三面鏡の中にあるヘアブラシや、化粧品などを、これから調べてみます」

と、鑑識は、いった。

しばらくして、鑑識から、指紋が採れたという電話が入った。

「ファンデーションのびんや、ブラシから、指紋が、採れました。これで、照合できると、思います」

と、鑑識は、いった。

十津川は、ほっとした。

翌日になって、鑑識から、報告があった。

「指紋は、一致しませんでしたよ」

と、鑑識は、いう。

十津川は、狼狽した。

「本当に、一致しませんか？」

「ええ。一致しません。違う人物の指紋ですね」

と、鑑識は、いった。

「どこから採った指紋でしたかね？」

「三面鏡の中にあった、ヘアブラシと、化粧品のびんからです」

「もう一度、ききますが、有田みどりの指紋とは、一致しないんですか？」

と、十津川は、きいた。

「一致しません」

鑑識は、冷静な口調で、いった。

「別人ですか？」

と、亀井が、信じられないという顔で、十津川に、きいた。

「指紋は、一致しないということだ」

「じゃあ、別人ですか？」

「いや。そうとは、まだ、いえないよ」

と、十津川は、いった。

「しかし、指紋が、一致しなくては、同一人と断定は、出来ないでしょう？」

「カメさんだって、あれは、広田ユカだと、思うだろう？」

「思います」

「誰かが、手を廻して、彼女のマンションの指紋を拭き取ってしまった。用心深い人間なんだ。そんな人間なら、われわれが、ヘアブラシや、化粧品のびんなどから、指紋を、検出するだろうという予測はした筈だよ」

と、十津川は、いった。

「それで、そこに、別人の指紋を、つけておいたということですか？」

「ああ、そのくらいのことは、したんじゃないか。それなら、指紋が一致しなくても、不思議はないんだ」

十津川は、一時の狼狽から、立ち直って、いった。

「なるほど。向うは、そこまで、やりましたか」

亀井は、呆れた顔になっている。

「問題は、なぜ、そこまでやるかということだよ」

と、十津川は、いった。

第一、なぜ、今、広田ユカを、東京に、帰させたのか。それも、有田みどりという別人になりすまさせてである。

そのために、指紋の細工までしている。そこが、よくわからなかった。

筆跡鑑定の方は、一応、うまくいった。

鑑定の結果は、同一人の筆跡と、思われるというものだった。

ただ、筆跡鑑定の結果は、法的な効力を持たない。

だから、筆跡鑑定の結果が出ても、有田みどりが、広田ユカと同一人と、断定は、出来ないのである。

有田みどりを、強制的に、連行して、訊問することも、出来ない。同一人だという確証がないから、令状も、出ないと、思うからだった。

十津川は、六本木のマンションに住む有田みどりの監視を続けさせた。

必ず、ボロを出し、広田ユカであることを、示してしまうだろうと、思っていた。

第六章　事件の裏側

1

有田みどりの行動は、ずっと、監視下に置かれた。

わかったことが、いくつかあった。

一つは、かなり、ぜいたくな生活をしていることである。

広田ユカの頃からみれば、段違いの生活だった。

もう一つは、彼女が、週に何回か、決ったように、マンションの近くのコンビニに行き、週刊パックを見るか、買って帰るかを、繰り返すことである。

捜査会議の時、この二つが、問題になった。

三上本部長の質問に対して、十津川が、答えた。

「第一の、ぜいたくな生活は、報酬だと思います。広田ユカは、まんまと、木島多恵を、南紀白浜におびき出し、殺させました。こんな面倒なことをしたのは、犯人が、何とかして、木島多恵殺しの動機は、知られないようにしたかったからだと、思います。それは、一応、成功しました。ただ、犯人にとって、問題なのは、エサに使った広田ユカの処置でしょう。犯人は、多分、用ずみの彼女も、消してしまうつもりだったと思います。死体が見つからなければ、死体は、南紀の沖へ流れてしまったと考える。それを狙っていたと思いますね」

「しかし、広田ユカは、殺されなかったんだ」

と、三上が、いう。

「そうです。広田ユカが、犯人が思っていた以上に、したたかだった証拠と思います。ひょっとすると、犯人は、目的を達したら、自分も殺すのではないかと、考え、保険を掛けておいたんだと思いますね」

「保険か」

「そうです。全ての経緯を書いた手紙を書き、それを、誰かに預けておく。もちろん、そこには、犯人の名前も、書かれてある。或いは、犯人との会話を、テープにとっておく。そんなことをしたのではないかと、思います。だから、犯人は、計画が狂ってしまった。殺すに殺せなくなってしまった。約束しておいた報酬を、彼女に払わなければならなくなってしまった。若い広田ユカは、それを使って、ぜいたくをしたいと、いい出す。当然の要求でしょうが、犯人は、困ってしまったと思います。今、広田ユカが姿を現わして、金を派手に使い、ぜいたくな生活を始めたら、折角、苦労して、動機を隠して、木島多恵を殺したのに、たちまち、警察に疑われてしまう。といって、広田ユカの要求を拒否すれば、もっと、危いことになる。切羽詰まって、犯人は、広田ユカを、別人ということにして要求を入れ、金を与え、ぜいたくをさせているんだと思います」

「彼女が、週刊パックという面白くもない雑誌を、毎週、見たり、買ったりしているのは、なぜなんだ？」

と、三上本部長が、きいた。

「それについて、いろいろと、考えてみたんですが、あれは、犯人が、彼女との連絡に使っているのではないかと思うのです」

「連絡？　そんなものは、電話か、手紙で、やれるじゃないか」

三上本部長が、不審そうに、いった。

「その通りです。しかし、今、いいましたように、広田ユカが、保険を掛けていたとします。そうなると、電話で連絡すれば、彼女が、それを録音しておいて、新しい保険にする恐れがあります。手紙も同じです。だから、犯人は、連絡に、電話も、手紙も使えないんじゃないでしょうか。だから、仕方なしに、週刊誌を使っている」

と、十津川は、いった。

「週刊パックを、どんな風に、使うんだね？」

「週刊誌には、漢字、かな、それに、数字が、詰まっています。それを使えば、だいたいの連絡は、出来る筈です。一番単純な使い方をすれば、2、4、5といった三つの数字で、二ページの四行目の上から、五番目の活字を示すことが可能ですから」

と、十津川は、いった。

「彼女は、そういうやり方で、犯人と、連絡しているというのかね？」

「そう考えているのですが」

「なぜ、あまり売れない週刊誌を、使っているんでしょうか？」

と、日下が、質問した。

「それなんだがね。最初は、こう考えた。人気のない週刊誌なら、いつでも手に入るし、コンビニへ行っても、誰も、手に取ってはいないだろうから、簡単に、読めるからではないかとね。しかし、よく考えてみると、そんなに人気のない週刊誌だと、コンビニ側が、置かないときもあるかも知れない。とすると、別の理由もあるのかも知れないな」

と、十津川は、いった。

「木島多恵の父親のことは、その後、何かわかったかね？」

と、三上本部長が、きいた。

十津川は、手帳を広げて、

「少しわかりました。久保田が、北陸の温泉町に現われたという噂を確かめたくて、福井、石川、富山の県警に依頼して調べて貰っていましたが、その回答がありました。久保田が、一週間泊っていたのは、山中温泉のNという旅館で、久保田は、ここに、木島誠という名前で、泊っていました」

「娘の姓を使っていたのか」

「そうです。やたらに、景気が良くて、一週間、毎日、百万ずつ使い、芸者をあげて、大さわぎだったそうです」

「大金を手に入れたらしいというのは、本当だったのかね？」

と、三上が、きく。

「どうやら、本当だったと思われますし、それが、今度の事件に、関係があるような気がしてきました」

「それは、久保田と、娘の木島多恵とが、つながっていたということかね？」

と、三上は、きいた。

「娘の多恵の方は、意識してなかったと思いますが、久保田の方は、木島誠の名前で、旅館に泊っていますから、娘のことを、考えていたと思います。ひょっとすると、思わぬ大金を手に入れて、それを、一人娘の多恵に、残してやりたいと、思っていたのかも知れません」

と、十津川は、いった。

「それで、犯人なんだがね。犯人が、木島多恵を殺したのは、父親の金が原因だろうか？」

「かも知れません。今は、断定できませんが」

十津川は、慎重に、いった。

「久保田は、今、何処にいるのかね？」

「それが、つかめないのです。見つかって、話を聞くことが出来れば、事件の解決に、役立つと思っているのですが」

と、十津川は、いった。

「犯人は、どんな人間だと思うね？」

「犯人は、木島多恵のことを知っていて、同時に、広田ユカのことも知っている人間ということになります。久保田誠が、事件に関係があるとすれば、犯人は、彼のことも、よく知っていることになります。私が、一番、関心を持っているのは、広田ユカを使って、木島多恵を、おびき出していることです」

「どんな具合に、関心を持っているんだね？」

と、三上が、質問を続けた。

「広田ユカと、木島多恵は、親友です。それなのに、ユカの方は、自分が、多恵をおびき出すのに利用されるのを、拒んでいません。金を貰って、親友の多恵を誘い出すのに、力を貸しています」

「冷酷な女なんだろう」

「かも知れませんが、もう一つ、ユカが、犯人と、親しかったのではないかということが、考えられます。もっといえば、男と女の関係にあったということです」

と、十津川は、いった。

「そういえば、広田ユカには、ＯＬということの他に、大物の女だったということがあったな？」

「そうです。前田と名乗る人物と、島崎弁護士です」

「前田なる人物の正体は、わかったのか？」

「引き続いて調べていますが、まだ、つかめていません。島崎弁護士の周辺を調べていますので、そのうち、自然に、浮んでくると期待しています」

と、十津川は、いった。

「問題は、その前田なる人物、島崎弁護士、広田ユカ、そして、久保田誠・木島多恵父娘の五人の関係だな」

三上が、考えながら、いった。

「私も、そう思います。それに、久保田誠が、手に入れたらしい大金のこと。この全てがわかれば、事件は、解決する筈です」

と、十津川は、いった。

2

十津川は、島崎弁護士の捜査に、力を入れることにした。

島崎の交友関係、彼が顧問弁護士をやっている会社、個人、最近、彼が扱った事件、そうした全てについての捜査である。

何人もの人名と、会社、団体名が、浮んできた。

その一人、一人、一グループずつを、調べていく。

その作業の中で、一人、マークした方がいいという男が、浮んできた。

小野実行。五十歳である。

小野は、M大の助教授だが、政治評論家として、しばしば、テレビ出演をしている。

彼は、テレビで、次の総選挙には、出馬すると、発表していた。

端正な容貌と、歯切れのいい評論で人気があり、出馬すれば、当選の可能性は、高いといわれている。

すでに、保守党からも、打診があり、この党の公認候補になるという話もあった。

この小野実行が、前田ではないのか？

小野には、もちろん、妻子がある。

妻の和子とは、二十七歳の時に結婚し、二十三歳の長男明がいる。その明は、現在、イギリスに留学中である。

妻の和子は、結婚後、しばらくは、家庭で育児に専念していたが、今は、インテリアデザインの仕事をしており、小さいが、自分の店も、持っていた。

小野は、若手の政治評論家として、名をあげたあと、政治家になることを決意した。彼自身の功名心もあったし、保守党が、新しい人材を必要として、強力にアタックしたこともあった。

将来の大臣候補と、保守党は、持ちあげたし、小野にも自負があった。単に、大臣候補というだけでなく、二十一世紀には、政界のリーダーになるとも、考えていた。

この時から、小野は、自分にとって、マイナスになる要素を、切り取っていく作業を始めた。

更に、小野は、二十一世紀の日本の政治について、いかにも気鋭らしい才筆で、何冊もの本を書き、テレビでも、持論を発表していった。

また、妻の和子も、夫の小野が、いかに、家庭を大事にする男かを自伝の形で本に書いた。自立した主婦を暖かく見守る夫という図式を宣伝したのである。

しかし、実際は、かなり違っていた。

夫婦の間には、いさかいが絶えなかった。理由の第一は、小野の女性関係である。

小野は、頭が切れたが、女性には、だらしがなかった。

小野の話を聞き、書いたものを見る限り、フェミニストである。自分でも、私は、フェミニストだといい、それを信じているところもある。

しかし、彼が実際にしてきたことは、女性蔑視といわれても、仕方がないものだった。

若い頃の小野は、よく女にもてたこともあって、何人もの女と関係を持ち、その結果、自殺未遂事件を起こした女もいた。

当然、妻の和子との間は、ぎくしゃくしたものになったが、離婚話にまでならなかったのは、和子が、我慢したというより、彼女の計算だったということが出来る。

和子は、人間的には、夫の小野を軽蔑していたが、彼の才能は買っていた。将来を考えて、我慢をしても、別れない方が、トクだと計算していたからである。

小野が、政界進出を決意してからは、こうした和子の気持は、一層強いものになったといっていいだろう。

表面上、仲のいい、夫婦像を装っていくことが、小野にとっても、和子にとっても、必要になったのである。

小野にとっては、選挙に勝つために、和子にとっては、将来の大臣夫人の地位のためにである。

小野も、女遊びを控えるようになった。表面上は、理想的な中年夫婦の像は、何とか作りあげられていった。

小野を、当選、それも、上位で当選させるためのプロジェクトチームが作られた。小野を後援する製薬会社が、資金を提供し、有名コピーライターや、カメラマンなどが、その周囲に集められた。和子に、本を出させたのも、このプロジェクトチームの考えからだった。

そして、小野のプライベイトな面、それも、ダーティな面を守るために、敏腕弁護士が、傭(やと)われた。これが島崎である。

十津川たちが、調べていくにつれ、少しずつ、わかってきたことがある。

小野は、政界進出をめざしてから、身辺をきれいにしていったが、それでも、過去の古傷は、時おり、顔をのぞかせてくる。

三カ月前、その古傷が、表面に出かけたことがある。

小野と、かつて、関係した女が自殺し、遺書に、めんめんと、小野に対する恨みつらみが、書かれていた。

それを、週刊パックが、記事にするという話があった。

それに掲載される女の遺書には、二回も、子供を堕ろすようにいわれたこと、ずっと面倒をみると約束していたのに、政界進出を決意したとたんに、わずかな手切金で、冷たく、関係を切ろうとしたことなどが、書かれているということだった。

発表されれば、フェミニストという小野のイメージは、崩壊してしまう。

だが、結局、この記事は、発表されなかった。

週刊パックにきくと、あれは、結局、証拠がないことなので、急遽、記事にするのは、中止したということだった。

「信用できないな」

と、十津川は、亀井に、いった。

「私もできませんね。あの雑誌は、今まで、そうとうでたらめな記事でも、平気でのせていたんです。小野の件についてだけ、良心的になるとは、思えませんね」

と、亀井も、いった。

となると、急に、掲載の中止を決めたのには、裏がありそうである。

一番考えられるのは、誰かに、買収されたということだった。

十津川は、その線で、捜査を進めていった。

まず、自殺した仁科由美という女の周辺を、調べることにした。

由美は、自殺した時、二十六歳。小野が教えているM大学を、卒業している。

つまり、小野の教え子だったのだ。二人は彼女が、大学四年の時に関係ができ、卒業後も続いた。

二度、彼女は、小野の子供を堕ろしたといわれているが、その中の一度は、大田区内のN綜合病院が使われたことが、わかった。

由美は、卒業後、決った仕事についていない。ひょっとすると、小野が、生活費を与えていたのかも知れない。

自殺したのは、伊豆堂ヶ島のKという旅館である。

十津川は、亀井と、この旅館に行ってみた。

海岸に面した古い旅館である。

中年の女将に会ってきくと、彼女は、自殺した仁科由美のことを、よく覚えていた。

「あの女の人は、死ぬ二日前に、ひとりで来たんですよ。ひどく暗い顔をしているんで、ちょっと心配していたんです。女のひとり旅って、いろいろと、心配だから。彼女、毎日、東京に電話してましたよ。誰かに、来てくれるように、いってたみたいですよ。でも、その人が来なかったんで、失望して、自殺したんじゃないかしら。三日目の夜おそく、彼女は、毒薬を呑んで、自殺したんです」

「遺書が見つかったんですね」

と、十津川がいうと、女将は、変な顔をして、

「遺書なんて、ありませんでしたよ。警察だって、知っていますよ」

「おかしいな。彼女の遺書のことで、そのあと、ごたごたしたんですがね」

「でも、遺書は、見つからなかったんですよ。ご両親が来られて、遺書のことをきかれたんですけど、無かったと、申しあげたんです」

と、女将は、いった。

「彼女が自殺したのは、今年の六月二日でしたね？」

「ええ」

「その日の、この旅館の泊り客の名簿を、見せてくれませんか」

と、十津川は、いった。

女将は、六月の宿帳を見せてくれた。

六月二日の泊り客は、全部で、十五人だった。

それを、見ていた十津川が、亀井に向って、

「やはり、あったよ」

と、いった。

十五人の宿泊者の中に、「木島誠」の名前があったのだ。

木島誠は、殺された木島多恵の父親、久保田誠である。

3

木島誠――久保田誠は、この時、女と一緒に、泊っている。

女将の話だと、いかにも、水商売の女という感じだったという。

　そして、宿帳によれば、久保田が女と泊っていたのは、自殺した仁科由美の隣りの部屋だった。

　日本旅館だから、隣りの部屋に入ろうと思えば入ることが出来る。

　また女将は、由美が自殺しているのを、最初に発見したのは、木島こと、久保田だともいった。

「遺書は、久保田が、持ち去ったんじゃないかな」

　と、十津川は、亀井に、いった。

　久保田は、女好きだ。いい女が、ひとりで泊っているのをみて、ちょっかいを出したくなった。

　その夜、久保田は、自分の連れてきた女と酒を飲んだが、彼女が、先に酔ってしまった。

　そこで、隣りの部屋の仁科由美を、口説くつもりで、酒の勢いもあって、部屋に忍び込んだ。

「ところが、そこで、自殺している彼女を発見した――ですか」

　と、亀井が、いう。

「そうだ。そして、机の上に、遺書があるのを、発見した」

「なぜ、持ち去ったんでしょうか？」

「久保田は、事業に失敗して、金に困っていたんだと思う。何か金になることはないかと探していた。ところで、由美の遺書には、小野実行様と、書いてあったんじゃないかな。小野は、有名人だ。しかも、政界進出ということで、時の人でもあった。だから、久保田は、これは、金になるのではないかと思って、持ち去ったんだろう」

と、十津川は、いった。

「そして、その遺書を、週刊パックに、売り込んだというわけですか？」

と、亀井。

「多分ね。だが、その後、久保田は、北陸の温泉で、豪遊している。週刊パックに売ったって、せいぜい百万くらいの謝礼しか払わないだろう」

「すると、週刊パック以外にも、売ったということですか？」

「コピーはとれるからね。一番高く金を払うのは、小野実行本人と、その取り巻きだろう。だから、久保田は、遺書をコピーにして、両方から、金を貰ったんだと思うね」

と、十津川は、いった。

「しかし、それが、なぜ、彼の娘の木島多恵が、殺されることになったんだと、思われますか？」

と、亀井が、きいた。

「小野にしてみれば、週刊パックは、金を払い、圧力をかけて、記事は、押さえたが、不安なのは、久保田の方だったと思うね。コピーをとったということは、他にも、いくつもコピーをとってるかも知れない。それに、久保田が、小野に売りつけたのは、コピーだったのかも知れない。本モノの遺書は、安全のために、誰かに預けてあるといったんじゃないのだろうか？」

「よくある保険というやつですか？」

と、亀井が、笑った。

「そうだよ。自分に万一のことがあれば、本モノの遺書が、公けになると、小野を脅したんじゃないかな」

「それで、小野の方は、どうしたんでしょうか？」

「何とかして、本モノの遺書を手に入れないと、不安で仕方がない。そこで、久保田を誘拐して、痛めつけたんじゃないかな。殺すぞと脅すぐらいのことはしただろう。そこで、久保田は、自分の娘の多恵に預けてあって、おれに万一のことがあれば、警察に持っていくか、週刊誌に発表することになっているとでも、いったんじゃないかね」

「あり得ますね」

「だから、木島多恵が狙われることになったんだろう」

「久保田は、娘の多恵に本モノの遺書を、渡してあったんでしょうか？」

「いや、それは、嘘だったんじゃないかな。本当だったら、木島多恵は、私の家内と一緒にいる時に、何かそれらしいことを、いっていたと思うね」

「それじゃあ、彼女は、何も知らないままに、殺されてしまったというわけですか？」

亀井は、眉を寄せて、きいた。

「多分、そうだろうね。父親の久保田は、助かりたい一心で、娘の名前を出したんじゃないかと思う。あくまでも、こっちの想像が正しくて、久保田が、脅かされたとしてだがね」

と、十津川は、慎重にいう。亀井は、

「警部の想像は、正しいと思います。そう考えないと、木島多恵が殺された理由が、わかりませんから。ただ、簡単に彼女を殺してしまったのは、なぜですかね。遺書を取りあげればいいことだと思うんですが」

「最初から、殺す気はなかったと思うね。それなら、あんな面倒くさいことはしなかったろう。最初は、木島多恵を、東京から遠く離れた南紀に誘い出し、その間に、ゆっくりと、彼女のマンションに忍び込んで、遺書を探そうと思ったんだろう。それで、広田ユカを利用して、南紀に誘い出した。しかし、見つからない。彼女が何も知らないのなら、当然の話だよ。しかし犯人は、そうは思わなかった。木島多恵が、持ち歩いていると考えたんじゃないかな。それで、彼女に直接アタックした。しかし、彼女は、持っていなかった。が、そこまでいってしまうと、殺さざるを得なくなってしまったんじゃないかな」

「広田ユカは、たまたま、木島多恵の友人だったから、利用されたんでしょうかね？」

「それと、彼女が、前田という人物の女だったことが、先にあったと思うね」

と、十津川は、いった。

「その前田という男について、何かわかりましたか？」

と、亀井が、きいた。

「中央新聞で、記者をやっている友人に、きいてみたんだ。小野実行の関係で、前田という政治家か、弁護士を知らないかとね。そうしたら、前田治郎じゃないかといわれたよ」

「前田治郎？　残念ながら、知りませんが」

「引退した政治家だよ」

「引退した——ですか？」

「五年前、収賄事件で引退した男だよ。横田工業事件と呼ばれている」

「ああ、思い出しましたよ。そんな事件がありましたね」

「その前田治郎だ。引退した時、六十五歳だから、今は、七十歳になっている。一応、引退したことになっているが、保守党の中では、いぜんとして、大きな影響力を持っている。それに、今回小野実行を担ぎあげている保守党で、前田が、その長老格で、いまでも、君臨しているし、今回、小野を担ぎ出すことに、前田がリーダーシップをとっている」

「なぜ、前田は、小野の担ぎ出しに、血道をあげているんですか？」

と、亀井が、きいた。

「同じ神奈川県の生れということもあるし、評論家上りということもあるんじゃないかな。前田は、小野を、自分の後継者と見ているといわれているんだ」

「では、その前田が、善後策を考えたのではないかということですか？」

「そうだ。たまたま、前田が可愛がっていた女が、広田ユカだった。彼女は、可愛い顔をしているが、本性は、怖い女だといえるんじゃないか。親友の木島多恵を裏切り、死に到らしめても、平気でいるんだからな。それも、大金を手にして、ぜいたくをしたいというだけのことでね」

「計画を立てたのは、誰でしょうか？」

「今もいったように、最初は、木島多恵を殺す気はなかったんだと思う。だから、平気で、計画を立てたと思うね。木島多恵の優しい気持を利用して、東京から遠い南紀に誘い出した。その間に、ゆっくり、彼女が持っているといわれている問題の遺書を探したんだと思うね」

「たった一通の遺書を探すにしては、ずいぶん、大げさな計画を立てたものですね」

と、亀井が、いう。

十津川は、苦笑して、

「彼等が、何よりも恐れたのは、事件の原因が、仁科由美の遺書にあること、小野実行のスキャンダルにあることが、知れてしまうことだったと思うね。それで、その意図を知られるのを、何よりも、恐れたんだ。だから、今度のような面倒くさい方法を考えて、実行したし、それは、一応、成功したんじゃないかな。われわれも、てっきり、広田ユカが誘拐され、それを心配した友人の木島多恵が、探していると、思ったからね」

「これから、どうしますか？　一人の娘の素直な気持を、もてあそんで、しかも、殺したなんて絶対に許せませんね」

亀井が、表情をこわばらせて、十津川を見た。

「それについて、考えてみようじゃないか」

と、十津川は、いった。

4

捜査会議が、開かれた。

こんな時、いつも、三上本部長が、ブレーキをかける役になるのだが、この時も、まず、発言して、十津川たちが、猪突しないように、注意した。

「今の段階では、全て、推論でしかない。それに、相手は、著名な政治家であり、学者であり、弁護士だ。慎重の上にも、慎重に行動して欲しいと思っている。正義感で、突っ走ってしまうのは、一番危険だ。自分が、正義の側にいると思うと、どうしても、無理をするからな」

と、三上は、いった。

「連中の弱点は、いくつかあります。第一は、広田ユカです。彼女は、連中にとって、アキレス腱でしょう。彼女は、他の連中のように、政界に、新風を入れてとか、新人の小野実行を政界に送り込むといった使命感は持っていない。ただ、金が欲しい、ぜいたくがしたいという感情だけで動いているからです。それに、彼女は、直接、木島多恵に手を下したわけではなく、ただ、指示される通りに動いただけでしょう。だから、いつ、警察に通報してしまうかも知れない。そんな不安を、連中は、彼女に対して、持っている筈です」

と、十津川は、いった。

「それなら、彼女に対して、重点的に圧力をかけるかね？　彼女なら、圧力をかけやすいだろうし、政治家の前田なんかに、圧力をかけるのと違って、反駁も、大きくはないだろう」

と、三上は、いった。

十津川は、肯いた。が、

「ただ、こちらが下手に動くと、彼女は、口を封じられてしまう心配があります。今や、彼女は、連中にとって、邪魔物でしかありませんから」

とも、いった。

「しかし、だからといって、前田治郎や、小野実行に直接会って、木島多恵を殺しただろうなどというんじゃあるまいね？　証拠もなしに、そんなことをすれば、われわれが、告訴されるのは、眼に見えているよ。向うは、立派な弁護士がついているんだ」

と三上は、いった。

「わかっています」

と、十津川は、いった。

「では、何をするつもりだ？」

と、三上は、きいた。

「じっくりと、捜査を進めます。今のところ、次の殺人が起きる可能性は、少ないと、思います。連中が次に消さなければならない人間は、見当らないからです。むしろ、連中が欲しいのは、仁科由美の遺書だと思います。従って、広田ユカを監視しながら、われわれは、ゆっくりと、慎重に、捜査を続けるつもりです」

「それで――？」

「まず、週刊パックを調べます。小野実行についてのスキャンダル記事は、なぜ、没になったのか、仁科由美の遺書は、どうだったのかを知りたいですから」

と、十津川は、いった。

翌日、十津川と亀井は、週刊パックの編集部を訪ねた。

編集長は、藤田という四十代の男だった。

十津川が、小野実行のスキャンダル記事のことに触れると、藤田は、なぜか、うす笑いを浮べて、

「あれは、どうしようもないガセネタでしてね。記事に出来ないとわかったんで、やめました」

「久保田誠という男が、持ち込んだ話だったんじゃありませんか？」

「そういうことは、申し上げられないことになっています。たとえ、没にしたものでも、ニュースソースは、明かせませんから」

「そんな立派なことのいえる雑誌かな」

と、亀井が、いった。

「それは、警察の、ジャーナリズムに対する挑戦ですよ」

と、藤田が、いう。

十津川は、苦笑して、

「そちらの信条は、尊重しましょう。ところで、最近、サンセン製薬の広告が、多いですね」

「それが、どうかしましたか？」

「どんなコネがあるんですか？」

「コネって、向うから、ぜひ、のせて欲しいといわれたので、のせているわけですよ」

「おかしいな。週刊パックは、失礼だが、部数も少ないし、広告効果があるとも思えない。一方、サンセン製薬は、しぶいので有名だ。効果の期待できない広告をする筈がない。とすると、何かわけがあって、この週刊パックに、毎週広告をのせているということになりますがね」

と、十津川は、いった。

藤田は、首をすくめるようにして、

「向うが、ぜひ、のせて欲しいということで、向うの気持まで、あれこれ考えたりはしませんよ」

「小野実行のスポンサーが、サンセン製薬でしたね」

「あなたの雑誌が、スキャンダルを記事にしようとした政治評論家です」

と、十津川は、笑ってから、

「記事を没にする礼として、毎週、雑誌に広告をのせているんじゃありませんか?」

「そういうことは、いいたくありませんね」

「そのいいかたを、イエスと、受け取りましょう。もう一つ教えて欲しいことがあります。没になった記事のことですが」

「ニュースソースは、いえませんよ」

「それは、だいたいの想像がついています。知りたいのは、スキャンダルのネタなんですよ。死んだ女の遺書だと思うんだが――」

「――」

「顔色が変ったところを見ると、やはり、死んだ女の遺書だったんですね」

「たとえ、そうであっても、どんなものか、話せませんよ。実物も、提出できません」

と、藤田は、いった。

「いや、それもわかってるんです」

「小野?」

「それなら、何を——？」

「その遺書が、本モノだったか、それとも、コピーだったかを知りたいんですよ」

と、十津川は、いった。

「本モノか、コピー？」

「そうですよ。それだけ教えてくれればいいのですがね」

「なぜ、そんなことが、大事なんですか？　たとえコピーであっても、筆跡鑑定は可能だから、本人が書いたものかどうかわかりますよ」

と、藤田は、いった。

「わかりました。ありがとう」

十津川は、礼をいって、急に立ち上った。

外に出たところで、亀井が、不満げに、

「これで良かったんですか？　脅かせば、何か話したと思いますがね」

「いいんだ。彼が見たのは、仁科由美の本モノの遺書じゃなくて、コピーだったとわかったからね」

と、十津川は、いった。

「しかし、あの編集長は、イエスとも、ノーともいいませんでしたよ」

「いや、もし本モノだったら、あんないい方はしないよ。コピーだったからした。コピーでも、本人のものかどうか、わかる筈だと、息巻いたんだ。コピーじゃないかと、私にいわれたのが、多分、彼の自尊心を傷つけたんだと思うね」

「なるほど。語るに落ちたという奴ですか」

と、亀井が、笑った。

「これで、われわれの想像が当っている確率が、高くなったわけだよ」

と、十津川は、いった。

久保田は、偶然、西伊豆の旅館で、仁科由美の遺書を手に入れ、それを、金にすることを考えた。

コピーを作り、それを、週刊パックに売りつけた。コピーが売れたことで、味をしめた久保田は、更に、もう一つコピーを作って、今度は、小野実行本人をもゆすった。

週刊パックには、圧力をかけ、広告をのせることで買収もして、片がついたと思った小野の陣営は、久保田に大金を払う羽目になった。

しかも、本モノを押さえなければ、今後、いくらでも、コピーを作られて、ゆすられる危険がある。

そこで、本モノを渡せといったが、久保田は、それは、保険だといって、拒否した。

小野たちは、久保田を監禁して、痛めつけた。久保田は、助かりたい一心で、別れた娘の木島多恵に、預けてあると、いった。

そこで、何も知らない木島多恵が、命を狙われることになった。

ここまでの十津川の推理は、どうやら、八十パーセントぐらいの確率で、信用できそうである。

次に、十津川が知りたかったのは、広田ユカのことだった。

十津川は、彼女が、前田治郎の女だったと推理した。

それが、事実かどうか、知りたかったのだ。

ユカが、前田の女だったから、金で、親友を裏切った。もし、ユカと前田の関係が証明されなければ、十津川の推理は、空論に終ってしまう。

「ただ、この捜査は、慎重にやって欲しい」

と、十津川は、部下の刑事たちに、いった。

「何といっても、相手は、大物政治家だし、うちの三上本部長は、あの通り、神経質になっている。慎重の上にも、慎重に、調べて貰いたい」

「広田ユカが、前田の女ではなかったというケースも、考えられるわけですか？」

と、日下が、きいた。

「いや、前田の女だったことは、ほぼ間違いないだろうと、思っている。ユカは、本来なら、連中にとって、危険な存在だ。行方不明のままにしておくことも可能だったし、その方が、警察に、疑われずにすむ筈なのだ。行方不明の友人を探していて、木島多恵が殺されたというストーリイが、一番納得できるからだよ。だがユカは、現実の生活に戻りたがった。身を隠しているのは嫌で、ぜいたくな生活をしたがった。普通なら、そんなわがままは、許されないと、思うし、連中は少しでも、問題が、こじれるのを嫌う筈なのだ。少なくとも、小野実行が、選挙に出て、その結果が出るまではね。だが、結局、連中は、別人になりすますことを求めたが、ユカに、豪華マンションを与えて、現実で、ぜいたくな生活を許した。危険を承知でね。なぜ、そんなわがままを許したのか？　答えは、一つしかない。ユカが、有力者つまり、前田の女だったからだと、私は、思っている」

と、十津川は、いった。

5

直接、前田治郎に当ることは出来ないし、警察が、その周辺を嗅ぎ廻れば、すぐ、前田の耳に届き、抗議が来るだろう。選挙が近づき、政治家たちが、神経を、ぴりぴりさせている状況だから、なお更である。

「有田みどりこと、広田ユカの方から、やってみよう。彼女については、前から、捜査しているのだから、向うも、疑いは、持たないだろう」

と、十津川は、いった。

「彼女を調べていけば、前田治郎に辿りつけますか？」

亀井が、半信半疑の表情で、十津川を見た。

「結果は、わからない。だが、前田が、彼女を溺愛しているとすれば、どこかで、会う筈だ」

「そうでしょうか？」

「彼女は、週刊パックを使って、誰かと、連絡をとっている。何のために、そんなことをしているのか。定期的に、金を彼女に与えるのなら、彼女に、どこかの銀行に口座を作らせて、そこへ、定期的に、振り込めばいいことだ。だから、暗号を使ってまで、連絡をとっているのは、彼女のパトロンと、会うためじゃないだろうか」

と、十津川は、いった。

「会う場所や、日時を、暗号で、知らせているということですか？」

「前田は、もう老人だ。広田ユカが、可愛くて仕方がないのかも知れない。そうなら、危険を承知で、会おうと、するんじゃないだろうか」

と、十津川は、いった。

「しかし、そうしたとしても、簡単に、尻っぽはつかませませんよ」

と、亀井は、いった。

「わかってる。だから、慎重に、粘り強くやって貰いたい」

と、十津川は、いった。

「どうも、週刊パックを、暗号に使っているというのが、よくわからないのですが」

と、いったのは、三田村だった。

「なぜ、電話で、あれこれ、彼女に対して、指示しないんですかね？　その方が、簡単だし、上手く、意志の疎通があるんじゃありませんか？」

「確かに、その通りだが、前田には、前田の考えがあるということじゃないのかな」

と、十津川は、いった。

「どんな考えですか？」

三田村が、更に、きく。

「こんなことが、考えられるよ。前田は、電話というものを信じていない。というか、彼自身は、電話の盗聴を行った、命じたことがあるのではないか。だから、電話を信用していないのではないかと思うのだよ」

「盗聴ですか？」

「前田は、政敵に対してとか、自分にとって必要な情報を得るために、部下を使って、ひそかに、電話の盗聴を行ったことがあるんじゃないかな。だいぶ前だが、前田が使っていた個人秘書の一人が、盗聴したということで、告発されたことがある。前田の選挙区の神奈川で、彼のライバルの候補からだ。結局、証拠不十分で、うやむやになってしまったが、盗聴器は、実際に見つかっている。もし、あれが、前田がやらせたものだとしたら、当然、電話の秘密は、守りにくいという認識があると思うのだ」

「それで、電話は、使わずに暗号ですか？」

「ああ。週刊誌を使った暗号なら、あとに、証拠が残らないからね」

「前田は、暗号を使って、広田ユカを、呼び出しますかね？」

「それを、根気よく、待とうじゃないか」

と、十津川は、いった。

自信はなかった。広田ユカと、前田が、金だけで結ばれている関係なら、いくら待っても、彼女が前田に会うことはないからだ。

ユカは、相変らず、週刊パックを、コンビニで、見たり、買ったりしている。が、こちらが、期待するような動きは、見せなかった。

一カ月近く、これといった動きもなく過ぎてから、ある夜、いつもと違った行動に出た。

それまで、彼女は、近くのコンビニで買い物をする以外には、タクシーに乗って、銀座に買い物に出かけたり、六本木の怪しげなクラブに飲みに行ったりしていたのだが、この夜、彼女の乗ったタクシーが向ったのは、箱根だった。

尾行には、西本と日下の覆面パトカーが、当った。

最初は、また、夜通し、ユカの遊びにつき合わされるのだろうと、覚悟していたのだが、途中から、二人の表情が、緊張した。

相手のタクシーが、小田原から、箱根に向うと、十津川に連絡する西本の口調も、緊張したものになっていった。

——どうやら、今度は、本モノみたいです。箱根には、確か、前田治郎の別荘があったでしょう？

「小涌谷の近くだ」

十津川の声も、弾んできた。

月明りの中に、大会社の保養所の案内板や、個人の別荘の表札が、見えてきた。保養所や、別荘が集中している一角で、標識が、折重なるように、打ちつけてある。

タクシーは、高台にある別荘の前で、とまった。

表札の出ていない建物だった。西本と、日下は車をとめ、十津川に連絡を取り、前田の別荘の正確な位置と、様式をきいた。

五分後、十津川から、調べた結果が、知らされた。

「前田の別荘は、平屋建木造。建坪約百坪、築五年。周囲に洒落た竹垣」

――確認しました。眼の前に、その建物があります。広田ユカは、タクシーから降りて、その建物に入りました

「人の気配は、あるか？」

――明りがついています

「前田は、恐らく、先に来て、待っているのだろう」

――引き続き、ここに待機して、それの確認に努力します

と、西本は、十津川に、連絡した。

夜が、明ける。

西本と日下は、監視を続けた。昼近くになって、タクシーが、呼ばれてやって来た。ユカが、乗り込んで、出発して行った。西本は、それを、十津川に連絡してから、タクシーの尾行はせず、別荘の監視を続けた。

夕暮が近づいた時、別荘から、黒塗りのベンツが、出て来た。西本と日下は、そのナンバーを確認し、十津川に報告した。

——乗っていたのは、男が一人ですが、暗いので顔は、確認できませんでした。かなりの年齢であることは、確かですが

「前田治郎とみていいだろう。君たちは、今何処だ？」

——問題のベンツを尾行中です

「よし、絶対に、尾行に気付かれるな。今の段階で、面倒を起こすと、捜査がしにくくなるからな」

——了解

西本と日下は、ベンツとの距離を、十分にとって、尾行を、続けた。

ベンツは、東京に向っている。その途中で、十津川から、車の持主の名前が、知らされた。

「やはり、持主は、前田治郎だ」

——これで、広田ユカが、彼の女であることが、確認されましたね

と、西本は、いった。

だが、だからといって、これで、今回の事件が、解決したわけではない。

十津川たちの推理の正しさの確率が、上昇しただけである。

十津川は、西本と、日下から、無線で報告を受けながら、そう自分に、いい聞かせていた。

6

午後七時近くになって、問題のベンツが、等々力の前田邸に入ったと、西本から、知らされた。

「老いても、お盛んということですね。うらやましい」

と、亀井が、笑った。

「私だって、うらやましいよ」

と、十津川も、笑う。

「しかし、七十歳の男が、二十代の娘に熱をあげているからといって、逮捕は出来ませんよ」

「わかってる。ただ、この分なら、広田ユカは、当分、安全ということだろう。それが救いだ」

「これから、どうしますか？」

「久保田誠を見つけたいね」

と、十津川は、いった。

「すでに、殺されてしまっているということは、考えられません？」

と、北条早苗が、いった。

「殺されている？」

「はい。そんな気がして仕方がないのです。もし、殺されていなければ、連中は、今でも、必死になって、彼を探しているんじゃありませんか？」

「かも知れないが、私は、生きているような気がして仕方がないんだ。久保田は、自分の娘を犠牲にして、生き延びたんじゃないかとね」

「もし、生きているなら、娘の死んだことは、当然知っている筈ですわね？」

と、早苗は、いう。

「だろうね」

「と、すれば、久保田は、娘の復讐(ふくしゅう)を、考えるんじゃないでしょうか？」

「復讐か」

「はい」

「別の考え方をするかも知れないし、その方が、確率が高いと思うがね」

「どんな考え方ですか？」

と、早苗が、きく。

「金だよ。娘が死んだことを知って、多分、彼は、これは、金になると、考えたんじゃないかな。殺したのが誰か、想像がつくからね。これで、まず、ゆする。いや、もうやってるかも知れん」

と、十津川は、いった。

「危いですね」

と、早苗は、いった。

「危いな。確かに危い」

と、十津川も、いった。

第七章　幻の遺書

1

その日の捜査会議は、久保田が、生きているという前提で、進められた。

「生きていれば、また、小野を、ゆすると思います。久保田は、だらしのない男ですし、一度、味を占めていますから、必ず、また、小野を、ゆすると思います」

と、十津川は、いった。

「それは、つまり、仁科由美の遺書を、久保田が、持っているということかね？」

三上本部長が、確認するように、きいた。

「そうです。久保田が、娘の命を犠牲にしてまで、守ったと考えれば、本モノの遺書を持っていると見ていいのではないかと、思いますね」

「その遺書で、もう一度、小野をゆするというのか？」

「今度は、娘を殺された父親の復讐心も、あるかも知れません」

「久保田に、父親としての愛情なんか、あるのかね」

と、三上は、眉をひそめた。

「普通の父親のような愛情はないかも知れません。しかし、娘の名前をいって、殺されるのをまぬかれた時も、まさか、娘が殺されるとは、思っていなかったでしょう。それが、殺されてしまった。何らかの驚きと、怒りは、ある筈です。それを、小野たちに、ぶつける気になっているかも知れません。少なくとも、小野に対して、要求する金額を引き上げるだろうことは、間違いありません。殺したのだから、もっと払えといった要求です」

「それが、父親の愛情かね？」

「形を変えた愛情だと思いますが――」

と、十津川は、いった。

「しかし、そうだとすると、余計、危険じゃありませんか？」

と、亀井が、口を挟んだ。

確かに、その通りだった。

僅(わず)かな金なら、小野たちは、金で、解決しようとするだろう。だが、その額が、大きければ、口を封じようとするに違いない。

だが、全ては、十津川の推理が、正しい場合である。

久保田が、死んでいれば、何も起きないだろう。

捜査会議も、意味がなくなる。

従って、まず、久保田が、生きているかどうかを、確かめる必要があった。

どうしたら、生存が、確認できるか？　久保田の知り合いの全てに、当ってみることにしたが、そのほとんどが、久保田の消息を、知らなかった。

久保田の学校時代の友人、彼が工場をやっていた頃の従業員や、同業者、誰に当っても、首を横に振るばかりだった。

そんな中で、やっと、久保田と、最近、電話のやりとりがあったという女が、見つけられた。

名前は、日野はる子。現在、錦糸町(きんしちょう)で、小料理屋をやっている四十二歳の女だった。

久保田が、まだ工場をやっていた頃、関係のあった女である。二人は、一年半ほど、一緒に暮らしたことがある。

その後、はる子の方が、彼のいいかげんな性格に愛想をつかして、別れてしまったのだ。

そのはる子に会って、久保田のことを、きくと、彼女の最初の言葉は、

「また、何かしたんですか？」

だった。

「これから、何かしようとしています。彼が生きていればね。だから、彼が、生きているかどうか知りたいんです」

と、十津川は、いった。

「この間、電話がありましたよ」

と、はる子は、拍子抜けするようにあっさり、いった。

「この間？　本当ですか？」

思わず、十津川の声が、大きくなった。

「ええ。一週間ほど前でしたよ」

と、はる子は、淡々という。その言い方に、醒めてしまった彼女の心が、のぞけたような気がした。

「彼は、何で電話をかけてきたんですか?」

と、十津川がきくと、はる子は、笑って、

「もう一度、あたしと、やり直したいんですって」

「あなたの方は、どうなんですか?」

「あたしは、もう、久保田には、何の関心もないわ」

と、はる子は、笑った。

「それで、彼は、電話で、どんなことを、いっていたんですか?」

と、十津川は、きいた。

「例によって、大ぼらを吹いてましたよ。いつも、そうなんです。突然、電話をかけて来て、今度、何百万とか、何千万とか儲かることになったから、もう一度、一緒に暮らさないかって。何か欲しいものがあれば、いってみろ、すぐ、買ってやるって」

「それで、どう答えられたんですか?」

「欲しいのは、あんたが、あたしのことを、忘れてくれることだっていって、電話を切ってやりましたわ。ずいぶん、欺されて来ましたもの」

と、はる子は、いう。

「久保田は、どうやって、金を儲けると、いってたんですか？」

と、十津川が、きくと、はる子は、また、笑って、

「そんなこと、きちんと話してくれれば、あたしだって、少しは、信じますけどねえ。ただ、大儲けするんだっていうだけなんだから、信じられるわけがないじゃありませんか」

「なるほどね」

「だから、すぐ、電話を切りましたよ。彼のアホ話につき合ってるほど、ヒマじゃありませんから」

と、はる子は、いった。

「その後、彼からの連絡は？」

「ありませんわ」

「どこから電話して来たか、わかりますか？」

と、十津川は、きいた。

「いいえ。あたしも、きかなかったし、向うもいいませんでしたよ。ただ、東京は、相変らず、ごみごみして汚いなって、いってましたわ」

「東京に、戻っているみたいですね」

と、十津川は、いった。

「ええ。あの人、やっぱり東京が、好きなんです」

「ごみごみして、汚いところが――」

「蒲田に、彼の工場があったんだけど、上野で、一緒に暮らしたの。戦災で、焼けなかった所で、だから、すごく、ごみごみしていたの。彼は、汚いとか何とかいいながら、そこが、気に入ってるみたいだったわ」

と、はる子は、いった。

「そこへ案内してくれませんか」

と、十津川は、頼んだ。

はる子が案内してくれたのは、上野と浅草の中間あたり、今度の戦争で、奇蹟的に、焼け残った地区で、ところどころに、ビルが建ってはいても、古い家並みや、昔風の町工場が、並んでいた。

風情があるといえばいえるし、久保田のいうように、ごみごみと汚いともいえる。だが、その汚さは、妙に懐しいのだが。

久保田は、再び、この界隈(かいわい)に、来ているのだろうか。

この辺りには、昔の旅籠といった感じの旅館もあるし、小さなホテルも一軒だが、出来ていた。もちろん、住みつくために、アパートや、マンションもある。

十津川と亀井は、附近を、歩き廻ってみた。

細い路地がある。細く曲っている路地だ。

老人と子供がいる。古い家の前に置かれた植木、看板の汚れた食堂や、八百屋や、魚屋。小さな工場も、まだある。

久保田は、この町の中に、溶け込んだら、なかなか、見つけ出すのは、難しいだろう。それに、彼自身も、銀座や新宿、或いは、温泉街にいるよりも、この町にいる方が、安心感があるに違いない。

「この町のどこかに、久保田は、いるような気がしますね」

と、亀井は、いった。

「そして、ここから、相手を、ゆする気なのかな？」

「自分を安全な場所に置いてから、相手を攻撃するのは、常識ですから」

「ここは、彼にとって安全な場所かな？」

「少なくとも、地理には、明るい筈ですよ。それに、知り合いがいるかも知れません」

「そうか。ここなら、仲間を、作れるということか」

「その可能性は、ありますよ」

と、亀井は、いった。

「ゆすりは、もう始まっているのだろうか？」

と、十津川は、呟いた。

問題は、どんな形で、始まり、どんな具合に、進展するかだった。

2

久保田が、見つからない以上、小野と、前田の動きから、ゆすりの匂いを、嗅ぎ取るより仕方がない。

小野と前田は、いっこうに、動こうとしなかった。

その代りに、動いたのは、有田みどりこと、広田ユカだった。

その日の午後五時、みどりは、六本木のマンションを出て、タクシーを拾った。

十津川と、亀井が、覆面パトカーで、尾行に移った。

彼女の乗ったタクシーは、上野広小路から、上野駅へ出て、浅草に向う。

そのあと、浅草雷門に出て、そこの「天勇」という天丼を食べさせる店に入った。

最上階四階の、衝立てで小さく仕切った一角を、みどりは、予約しておいたとみえて、受付の仲居に案内されて、入っていった。

誰かが、先に来て待っていたらしいが、衝立てが、邪魔になって見えない。

十津川と亀井は、反対側の隅の席に入り、二人前の料理を注文してから、仲居の一人に、

「向うの隅の席だが、若い女と、もう一人、誰が、来てるの？」

と、きいた。

「男の方ですけど」

と、仲居は、いう。

「いくつぐらいの人？」

「五十歳ぐらいかしら」

（久保田だろうか？）

十津川は、ポケットから、久保田の、あまり鮮明でない写真を取り出して、仲居に見せた。

「この男？」

「似てますよ。ただ、うすいサングラスをかけてますけど」

と、仲居は、いった。

「どうなっているんですかね？」

と、亀井が、小声で、いった。

「何か企(たくら)んでいるのさ」

「誰がですか？」

「さあ、どっちかな？」

十津川にも、はっきりしないのだ。

久保田が、小野や前田たちをゆすった。その結果、みどりが、彼に会いに来たとすれば、金を持って来たということになるのだが。

だが、今夜のみどりが、大金を持って来た気配はない。まさか、小切手ということはないだろう。

向うの席では、酒も運ばれて来た。

トイレに行くふりをして、近くを通って来た亀井は、席に戻ると、

「楽しそうな笑い声が、聞こえましたよ」

と、十津川に、いった。

「笑い声？」

「ええ。ゆすり屋と、金を届けに来た女という関係ではないみたいに見えますね」

と、亀井は、いった。

確かに、そんな感じがする。ゆすり屋は、金を手にしたら、一刻も早く、逃げたいだろう。呑気に、食事をしているというのは、おかしな具合なのだ。

みどりと、中年の男は、午後六時頃から九時近くまで、そこにいてから、一緒に店を出た。

二人は、店の前で、タクシーをとめた。

十津川と亀井も、急いで、駐めておいた覆面パトカーに飛び乗り、また、二人のタクシーを追けた。

今度は、そう長くは、走らなかった。

タクシーは、上野駅の近くのビジネスホテルの前でとまり、二人は、中に入って行った。

フロントというより、マンションの管理人室みたいな部屋に、中年の女が一人いて、そこが、受付だった。

十津川と亀井を見て、その中年の女は、

「うちは、男同士のお泊りは、断ってるんですけどねえ」

と、低い声でいった。

十津川は、苦笑して、警察手帳を見せた。

女の表情が変る。

「今、入って行った中年の男と、若い女だがね」

「706号室ですよ」

と、女は、いった。

「男は、いつから、ここに泊ってるんだ？」

と、亀井が、きいた。

「一週間ほど前からですよ」

「名前は？」

「田中一郎さん。どうせ、でたらめでしょうけどね」

と、女は、いった。

十津川と、亀井は、そのビジネスホテルの前に、覆面パトカーを駐め、その中から、監視することにした。

翌日の午前十時頃、二人は、ホテルから出て来た。

二人は、その足で、近くの鞄店で、革のボストンバッグを買うと、M銀行の上野支店へ向った。

M銀行では、二十分ほど、中に入っていた。

いつの間にか、ボストンバッグが、ふくらんでいる。

亀井が、すぐ、銀行に入って行った。

その間に、二人は、タクシーを拾う。十津川は、一人で、そのタクシーを尾行した。

タクシーが、首都高速に入る。

亀井が、携帯電話をかけてきた。

――二人は、銀行で、銀行小切手を現金に、換えています。金額は、五千万です

「その小切手は、女が、持って来たのか？」

――そうです。そちらは、今、何処ですか？

「首都高速を、どうやら、羽田空港に向うらしい」

――大金を持って、二人で、高飛びですかね？

「そうらしい。カメさんも、羽田へ来てくれ」

と、十津川は、いった。

高速道路の左手に、東京湾が見えてきた。羽田空港へ行くのは、間違いないようだ。

海外へ逃亡するのなら、成田へ向うだろう。それを考えると、行先は、国内らしい。

道路が、地下トンネルに入り、地上へ出ると、羽田空港だった。

タクシーをおり、出発ロビーに、二人は、入って行った。

十津川も、二人を追って、ロビーに入る。

二人は、大阪（伊丹）行の一三時四〇分の日航105便の切符を買った。

まだ、時間は、十分にある。

十津川は、亀井が、着くのを待った。亀井は、三十分ほどして、到着した。

「大阪行の切符を買っておいたよ」

と、十津川は、亀井に、いった。

「連中は、大阪へ逃げる気ですかね？」

「かも知れないが、ひょっとして、南紀白浜へ行く気なのかも知れないな」

「娘の木島多恵が、殺された場所に、何しにですか？」

「それは、わからないが、二人は、最初、日本エアシステムの営業所へ行ったが、南紀白浜行の適当な便がないので、大阪行にしたようなのだ。大阪へ出て、そこから、紀勢本線で、白浜に向うのかも知れない」

と、十津川は、いった。

みどりと、男は、一三時四〇分発の飛行機に乗り、十津川と亀井も、同じ機に乗り込んだ。

大阪着が、一四時五〇分。定刻より十分おくれて着いた。

二人は、空港内の喫茶室に入った。そこで、男の顔を、まともに見ることが出来た。コーヒーを飲むとき、サングラスを外したからだ。

やはり、久保田だった。

二人は、やけに、親しげに見える。小声なので、何を話しているのかわからないが、意気投合している感じである。

「どうなってるんですかね？」

と、亀井が、首をかしげた。

十津川も、同じ疑問を覚えた。答が見つからずに黙っていると、亀井が、

「いっそのこと、二人を逮捕して、訊問してみたらどうでしょうか？」

「逮捕理由は、何だい？」

「脅迫です。久保田は、小野たちをゆすって、五千万円の大金を手に入れました。逮捕するだけの理由はありますよ」

「しかし、彼は否定するだろうし、小野だってゆすられたとは、いわないだろう。女は、自分の金を、久保田に渡したというかも知れん」

「それでは、どうします？」

「とにかく、あの二人の動きを、しばらく、見ていこうじゃないか」

と、十津川は、いった。

久保田とみどりの二人は、店を出ると、十津川の想像したとおり、新大阪に出て、ここから、一六時〇三分発の紀勢本線の特急「くろしお23号」に乗った。

十津川と亀井も、同じ列車に乗る。

「やはり、行先は、南紀白浜みたいですね」

と、亀井が、いった。

「だが、何のために、南紀白浜に行くんだろう？」

「それは、久保田の娘が、殺された場所だからじゃありませんか？」

「しかしねえ。久保田が、そんな父親としての感情を持っているとは思えないし、みどりこと広田ユカが、友だち思いとはとても考えられない。相手の友情を利用して、親友を殺したんだからね」

と、十津川は、いった。

グリーン車に乗った二人は、年齢は離れているが、夫婦者みたいに、仲が良く見えた。

みどりは、久保田の肩にもたれかかり、眼をつぶって、眠っている瞬間もあった。

一八時二一分、白浜着。

タクシーを拾って、海岸沿いのホテルに向い、そこに、チェック・インした。

十津川と、亀井も、同じホテルに入ると、すぐ、東京に電話をかけ、三上本部長に、ここまでの経過を報告すると共に、三田村と、北条早苗の二人の刑事も、呼び寄せることにした。早苗をよんだのは女の方が、警戒されずに、二人を監視できるだろうと思ったからである。

翌日、昼食のあと、午後一時過ぎに、久保田と、みどりは、タクシーを呼んで、ホテルを出た。

途中、花屋に寄って、花束を買い求めると、円月島に向った。

円月島を間近に見る海岸に着くと、二人は、タクシーを降りた。

木島多恵の死体が見つかった場所の近くに立つと、二人は、海に向って、花束を投げ、じっと、頭を下げた。

そんな二人の様子を、十津川と、亀井は、尾行して来たタクシーの中から、見すえた。

普通なら、美しく見える光景である。

一人娘を失った父親と、親友を失った若い娘が、海岸に立って、死んだ女のために、祈っている光景だからである。

だが、久保田は、保身のために、娘を利用した父親と思われるのだ。そして、有田みどりこと広田ユカは、金のために、親友を売った女と考えられるのだ。

それを思うと、今、眼の前で演じられている光景は、美しいというより、異様に見えてくる。

二人は、なかなか、その場を離れようとしない。

みどりが、時々、腕時計に眼をやる。

（誰かを待っているのか？）

と、十津川が、考えていると、一台のタクシーがやって来て、二人の傍で、とまった。

ドアが開き、女が一人、おりて来た。

その顔を見て、十津川は、びっくりした。

（直子――）

妻の直子だった。

3

（どうなってるんだ？）

十津川は、戸惑った。

直子は、二人に、笑顔で、あいさつすると、海に向って、手を合せている。

ここで亡くなった木島多恵の冥福を、祈っているのだろう。

「奥さんは、なぜ、来たんでしょう？」

と、亀井も、戸惑いを見せて、十津川に、きく。

「きっと、有田みどり、いや、広田ユカが、呼んだんだろう」

「何のためにです？」

亀井が、更に、きいた。

「家内は、木島多恵と一緒になって、広田ユカを探した。この南紀白浜でね。真剣に、心配して、探していたんだ。ところが、一緒に探していた木島多恵が、殺されてしまった。広田ユカが、その霊をとむらうといえば、家内は飛んで来るさ」

「奥さんは、広田ユカの正体をご存知なんですか？」

「知らないさ。第一、広田ユカが、木島多恵を罠（わな）にかけて殺したのだろうと、私たちは考えているが、証拠はないんだ。もちろん、マスコミも、何も公表していない。家内が知るわけがないよ」

十津川は、怒ったように、いった。

「どうします？　われわれが、ここにいることを、教えますか？」

「いや、もう少し、様子を見てみよう」

と、十津川は、いった。

直子は、自分のタクシーを帰し、久保田たちのタクシーに便乗して、海岸を離れた。

三人は、タクシーで、ホテルに戻った。直子も、今夜は、このホテルに泊るらしい。

その夜、十津川は、直子の入った部屋に、電話をかけた。

十津川が、同じホテルに来ているのだと告げると、直子は、驚くかと思うと、

「知っています」

と、いって、逆に、十津川をびっくりさせた。

「なぜ、知ってるんだ？」

「あなたの部屋は、何号室？」

「三階の３０１２号だが、カメさんも一緒だから、ロビーで会いたい」

「わかったわ。ロビーのティールームで待っていて。すぐ行きます」

と、直子は、いった。

亀井に、断って、十津川は、一階ロビーのティールームにおりて行った。
十二、三分して、直子が、おりて来た。
彼女は、ニコニコ笑いながら、ティールームに入って来て、

「あなたと亀井さん、円月島の海岸にいたんでしょう？」

と、機先を制するように、いった。

「君は、彼女に呼ばれて、ここに来たといったね」

「ええ。彼女から電話がかかって来たのよ。木島多恵さんの友だちのね」

「あの女は、有田みどりと名乗っているが、本当は、広田ユカだ」

「知ってるわ」

「知ってる？　彼女が、そういったのか？」

「ええ。今、自分は、有田みどりという偽名を使っているが、本当は、広田ユカで、自分のせいで、親友の木島多恵さんを死なせてしまったといっているわ」

「なぜ、偽名を使っているか、理由をいったかね？」

「ええ。自分も、木島多恵さんみたいに、命を狙われているので、安全のために、仕方なく、偽名を使っているんだと、いっているわ」

「誰に、命を狙われていると、いってるんだ？」

「それを知りたくて、多恵さんの殺された南紀白浜に来たんですって。多恵さんのお父さんと一緒に。だから、私も、それを、助けてあげたいの」

と、直子は、いった。

「困ったものだな」

「われわれはね、広田ユカが、ある男と共謀して、木島多恵を殺すために、失踪劇を演出したと思っているんだよ。彼女が、親友を裏切って、罠にはめたんだ」

「何が？」

「どうして？」

「動機を知られないための、手の込んだ芝居だよ」

「証拠はあるの？」

と、直子が、きく。

「状況証拠なら、いくらでもある」

「でも、はっきりした証拠はないんでしょう？　私が、あの二人に協力して、本当の犯人を見つけてやるわ」

「本当の犯人は、わかってるんだよ。そして、広田ユカが、共犯なんだ」

と、十津川は、いった。

「それは、警察が、勝手に決めてることなんでしょう？　彼女も、警察が自分のことを、犯人扱いにするって、泣いていたわ。学生時代からの親友や、実の父親が、どうして、その友だちや、娘を殺せるかって、怒ってたわ。その気持が良くわかるの。誤解されるほど、口惜しいことはないわよ」

直子は、真剣な表情で、いった。

「参ったな」

と、十津川は、呟いた。

「何が、参ったの？」

「君は、何も、わかってないいんだ。久保田も、広田ユカも、君が考えるような人間じゃないんだよ。木島多恵を殺したんだ。直接、手を下さなくても、彼女を死に追いやったことだけは、間違いないんだ」

「それならなぜ、逮捕しないの？」

「今もいったように、状況証拠はあるが直接証拠はないから、切歯扼腕しているんだ。カメさんと、ここへ来たのも、また、事件が起きるに違いないと思ったからだよ」

と、十津川は、いった。

「何かって、どんなこと？」

「それは、わからない。しかし、繰り返していうが、広田ユカは、きれいな顔をしているが、怖い女だよ。親友の木島多恵を、死に追いやった。それも、彼女の友情を利用してだ」

「彼女は、そうはいっていないわ。自分のために殺されてしまった多恵さんの仇を討ちたいと、真剣に願ってるわ。だから、私も、彼女に、協力して、多恵さんを殺した犯人を捕えたいの」

「犯人が誰かは、広田ユカが、知っている筈だよ」

と、十津川は、いった。

「それは、いけないわ」

「何が？」

「警察は、彼女に対して、偏見を持ち過ぎてるわ。彼女の眼を見れば、あなたのいうような悪い人ではないことは、すぐわかるわ。彼女は、本気で、親友を殺した犯人を、見つけようとしているのよ」

「しかし、彼女は、何者かに誘拐されたことになっていたんだよ。だから、君だって、木島多恵に頼まれて、彼女を探したわけだろう。そのことについては、彼女は、どう話してるんだ？　犯人は、どんな奴で、どんな風に誘拐されて、どうやって逃げて来たのか？　それがうまく説明できないものだから、有田みどりという別人になって、皆の前に、出て来たんだ」

「説明は、もちろん、してくれたわ」

と、直子は、いう。

「ほう。聞きたいものだね」

「ユカさんの説明は、こうだわ。彼女、名前はいえないけど、実力のある政治家と、つき合いがあるんですって。政治家にしてみれば、スキャンダルよね。それを知った連中が、それをネタにして、その政治家を、ゆすろうとしたのよ。連中は、彼女を誘拐して、その政治家のスキャンダルを証言させようとしたのね」

「面白い」

「そうでしょう。今は、その政治家の名前はいえないけど、あなただって知っている人よ」

「本当のことを、少し混ぜて、君を信用させたわけか」

と、十津川は、呟いてから、

「広田ユカは、脅迫もされていたことになっている。殺された近藤真一という脅迫マニアにね。このことについては、どういってるんだ？」

「ユカさんは、それについては、こう推理してるみたい。例の政治家には、狂信的な信奉者がいるみたいなのね。その人たちは、スキャンダルのことを知って、とにかく、ユカさんを死に追いやって、政治家を守ろうと考えた。そこで、近藤真一に頼んで、執拗に、ユカさんを脅迫させ、それで、ノイローゼになった彼女が、発作的に、自殺してくれたらいいと、考えたんじゃないかとね。私も、多分、そんなことだろうと思うわ」

と、直子は、いった。

「自分を誘拐した連中については、彼女は、どういってるんだ？」

と、十津川は、きいた。

「誘拐したのは、男が二人だといってたわ。でも、その二人の背後に、誰かいて、その人間が、コントロールしているみたいだったといってる。なぜかというと、男二人は、ユカさんのことを、何も知らないし、彼女の方も、初対面の男だった。それなのに、時々、二人の男は、彼女の性格だとか、癖だとか、ものすごくよく知っている瞬間があったりするんですって。彼女が、子供の頃にしたイタズラなんかも、口にしたりするんですって。つまり、二人の男の背後に、彼女のことをよく知っている人間がいて、その人間が、いちいち、手下の二人に、指示してるんじゃないかというわけなの」

「つまり、彼女の顔見知りということか？」

「ええ。だから、本人は、彼女の前に、一度も出て来なかったんじゃないかって」

「それで、その連中は、広田ユカに、具体的に、何をやらせようとしたというんだ？」

と、十津川は、聞いた。

「誰にもいわないでくれと、彼女に、頼まれているんだけど」

「誘拐事件なんだろう。話してくれないと、困るね」

「一つ約束して貰いたいの。久保田さんや、ユカさんを追いかけ廻したりしないで下さらない。今もいったように、あの二人は、多恵さんを殺した犯人を、真剣に、探しているんだから。南紀に来たのも、そのためなのよ」

と、直子は、いった。

「約束は出来ないといったら？」

と、十津川は、きいた。

「これ以上、何も話さないわ」

直子は、きっぱりと、いった。

十津川は、小さく肩をすくめて、

「仕方がない。約束しよう。今のところ、二人を逮捕するだけの証拠がないからね」

4

「ユカさんが話してくれたのは、こういうことだわ」

と、直子は、話した。

「彼女は、今いった二人の男に、南紀のどこかに、監禁されていたんですって。そして、毎日のように、手紙を書けと、責められたらしいわ」

「手紙？」

「ええ」

「どんな手紙？」

「もちろん、彼女が、今いった政治家に宛てた手紙よ。それも、彼に捨てられ、お腹の子供まで、堕ろさせられたという、恨みつらみを並べたてた手紙よ。ユカさんは、もちろん、彼を愛しているし、結婚したいとも思っていないから、当然、拒否したんだけど、書かなければ殺すと、連日、脅されたらしいわ。言葉だけでなく、本当に、殺されると思ったといっている。犯人たちにしてみれば、その手紙が、遺書になったって、構わない。その方が、インパクトのある手紙になるわけだもの。若い娘が、男に対して、恨みつらみを書き残して、自殺したとなれば、選挙を戦う人間にとっては、致命傷になるわ。フェミニストを自称しているなら、なお更でしょう」

「それで、広田ユカは、手紙を書いたといっているのか？」

「犯人二人は、文章を示して、この通り書けと脅したらしいわ。ユカさんは、仕方なしに、指示された通りに手紙を書いて、相手が油断した隙に、逃げ出したといってるわ。多恵さんは、ユカさんを探していて、犯人たちに近づいて、殺されたんじゃないかしら？」

と、直子は、いう。

「私は、似たような話を聞いているんだがね」

「何のこと？」

「遺書の話だよ。ある女性が、愛人の政治評論家に対して、恨みつらみを書き残して、自殺した話だよ。もちろん、広田ユカじゃない。彼女は、それを、自分のことのように話して、君を欺しているんだ」

十津川がいうと、直子は、きっとした眼になって、

「あなたに、失望したわ」

「何のことだ？」

十津川は、驚いて、きいた。

「あなたが、優秀な刑事で、何とかして、犯人を捕えたいのは、よくわかるわ。でも、私は、ユカさんの話を信じるし、あなたが、嘘をついてまで、彼女を、容疑者扱いするのは、許せないの」

「別に、嘘はついてない。広田ユカが、嘘をついてるんだ。その嘘に、君は、まんまと、欺されているんだよ」

と、十津川は、いった。

直子は、ますます、しらけた表情になって、

「今度のことについては、あなたの話についていけないわ。私は、自分の考えで、やっていくわ」

と、いい、椅子から、立ち上った。

止める間もなく、直子は、ティールームを、出て行ってしまった。

十津川は、小さな溜息をついた。

妻の直子は、人を信じ易い。そんなところが、好きなのだが、今回の件については、す

っかり、広田ユカに、欺されてしまっている。

十津川が、新しくコーヒーを注文し、煙草に火をつけた時、亀井が、ティールームを覗いた。

十津川の傍に、腰を下すと、

「奥さんは、どうしました？」

「少々、困ったことになった」

と、十津川は、ここで、直子と話した事情を、手短かに説明した。

「奥さんは、賢明だから、すぐ、自分の間違いに気付かれますよ」

「そうだといいんだがね。家内は、自分が一緒だったのに、木島多恵を殺してしまったという自責の念を持っているからね。冷静でいられなくなっている」

と、十津川は、いった。

「私は、別のことが、心配ですが——」

と、亀井は、コーヒーを頼んでから、いった。

「別のことって？」

「広田ユカや、久保田が、何のために、警部の奥さんを、ここに呼んだかが、それがわからないんですよ。本来なら、邪魔な筈でしょう？」

「家内を、何かに利用する気だろうか？」

と、十津川は、不安になってきた。

「まず考えられるのは、警部に対してというか、警察に対する牽制ということです。下手に動けば、奥さんを殺すという――」

「しかし、それなら、家内を、どこかに、監禁してしまうだろう」

と、十津川は、いった。

「そうですね」

「家内のことより、私は、久保田と、広田ユカが、どうなっているのか、そのことの方に、関心があるんだよ。久保田が何を考え、広田ユカが何を企んでいるか」

「奥さんは、何といってました？」

「二人は、木島多恵殺しの犯人を見つけようと、南紀に来たと、家内は、聞いたといっている」

「もちろん、嘘ですね」

「ああ。そうだ。久保田は、小野をゆすったんだと思う。そこで、前田の指示で、広田ユカが、五千万円を、久保田に渡した。それが、真相だと思うね」

「浅草の天ぷら屋で、金が渡された。しかし、久保田は、消されませんね」

「手紙だよ。本モノの、仁科由美の遺書がある。それを手に入れるまでは、久保田を消せないんだ。久保田は、前にも、コピーで、ゆすったんだろうし、今度もそうだと思う。本モノの遺書が、切り札でもあるし、久保田にとって、保険にもなっているんだ」

「それで、木島多恵が、殺されもしたわけですね」

「そうなんだ」

と、肯(うなず)いてから、十津川は、じっと考え込んでいたが、

「広田ユカは、前田に、本モノの遺書を、取り戻すことを、頼まれたんじゃないかね。前に、力ずくでやって失敗したので、今度は、広田ユカを、使ったんじゃないか」

「その可能性は、ありますね。それで、ユカは、優しく、久保田に、近づいた――」

「これから、一緒になって、もっと、小野をゆすろうと、持ちかけたのかも知れん。久保田は、金に汚いし、女にも弱そうだからね」

「そうなると、ますます、警部の奥さんのことが、心配になって来ますね」

と、亀井は、いった。

5

翌朝、ホテルでの朝食のあと、直子は、ユカに、温泉に入りませんかと、誘われた。

ここは、現代風に、女湯の方が、広い。五階にあって、前面が、ガラス窓になっているので、温泉に浸りながら、太平洋を展望することが出来る。

「素敵だわ」

と、直子が、嘆声をあげると、ユカは、声を低くして、

「直子さんに、相談があるんですけど」

「何なの？」

「久保田さんを、どう思います？」

と、ユカが、きいた。

「どうって？」

「どんな人だと思います？」

「いい人だと思うわ。死んだ娘のことを悲しんで、必死になって、犯人を見つけようとし

ているんでしょう」

「私も、最初は、そう思ったんです。でも、違うんじゃないかと思い始めて、直子さんに、相談したくて、わざと、二人だけになって、頂いたんです」

「どういうこと？」

と、直子は、きいた。

「私、二人の男に誘拐され、手紙を書かされたと、いったでしょう」

「ええ。でも、本当の犯人は、その二人の背後にいるんじゃないかって、いってらっしゃったわね」

「そうなの。その人間が、ひょっとして、久保田さんじゃないのかと考えているんです」

「でも、久保田さんは、あなたの親友の多恵さんのお父さんで、一緒になって、彼女を殺した犯人を見つけようとしてるんでしょう？」

「でも、よく考えてみると、久保田さんは、多恵を捨てた人だし、子供のことより、お金が大事みたいな人なんです。それに、私を監禁していた男二人が、私の高校時代のことまで、よく知っていた。親友の多恵にしか話してないことも、知っていたんです。多恵が、あの二人に話すなんてことは、あり得ないから、彼女が、父親の久保田さんに話したことが、あって、久保田さんは、それを覚えていたんじゃないかしら？」

と、ユカは、いう。

「そうだとすると、あなたを誘拐して、監禁した犯人は、久保田さんだというわけ？」

「ええ」

「信じられないわ」

「でも、いろいろと、怪しい点は、あるんです」

と、ユカは、いう。

二人は、温泉から出て、ユカの部屋に戻って、話を続けた。

「前にいった、私がつき合ってる政治家の先生なんだけど、今度、ゆすられたんです。ゆすったのは、中年の男の声で、私が書かされた手紙を持っている。それを五千万で買えといわれたんです」

と、ユカは、いった。

「それで、買ったの？」

「ええ。もし、公開されたら、選挙で不利になってしまう。それで、五千万を支払ったんですけど、犯人が渡したのは、本モノの手紙ではなくて、コピーだったんです」

「それなら、また、ゆすられるわね」

と、直子は、いった。

「それで、私も、責任を感じて、何とか、自分の書いた手紙を、取り返したいんです」

「久保田さんが犯人なら、その手紙を、持ってるわね？」

「ええ」

「でも、信じられないなあ」

と、直子は、いった。

「怪しいところは、他にもあるんです」

と、ユカは、いう。

「どんなところ？」

「久保田さん、ボストンバッグを、持ってるでしょう」

「ええ」

「あの中に、ゆすり取った五千万円が、入ってるんじゃないかと思うの」

「そういえば、あのボストンバッグは、ホテルにも預けないし、食事の時も、傍に置いているわね」

「それに、彼、温泉に入らないのよ。部屋についているお風呂にしか入らない。部屋のお風呂は、温泉じゃないのに」

「そうね。おかしいといえば、おかしいわね」

「でも、私の彼は、五千万が戻って来なくても、いいといってるんです。それより、私が書いた手紙を取り返したいと、いってるんですよ。彼のためにも、私のためにも」

と、ユカは、いった。

「あなたは、問題の手紙は、久保田さんが持ってるんじゃないかと、思ってるのね？」

「その疑いが、出て来たの。だから、何とか、調べたいんだけど、直接、疑問をぶつけても、正直な返事が返ってくるとは思えないし――」

ユカは、小さな溜息をついた。

「でも、何とかしないと、疑問が、大きくなるばかりでしょう？」

「そうなんです。多恵を殺したのも、久保田さんじゃないかって疑いまで、生れてくるし――」

「まさか。いくら、家庭を捨てた父親でも、実の娘まで殺すとは、思えないわ」

と、直子は、いった。

「でも、多恵が、真相を知って、父親を難詰したのだとしたら、話は別だと、思うんです」

「真相って、あなたを、誘拐、監禁して、スキャンダルな手紙を書かし、それを、ゆすりに使ったのが、久保田さんだということ？」

「ええ」

「なるほどねえ。それなら、かっとして、実の娘を殺すかも知れないわね」

と、直子は、いった。

「だから、何としても、久保田さんが、犯人かどうか、調べたいんです。協力して下さい」

と、ユカは、いった。

「どうすればいいの？」

「ボストンバッグの中身を知りたいし、何よりも、彼が、私の書いた手紙を持っていたら、取り返したいんです」

「どんな手紙か、教えてくれない？」

「彼は、誰にも見せるなといったんだけど、直子さんには、協力して頂くんだから、見て頂くわ」

と、ユカは、いい、ハンドバッグからコピーされたものを取り出して、直子に見せた。

〈小野先生。

私のことを、覚えていらっしゃいますか？　忘れたとは、いわせませんわ。先生のために、青春を捧げ、二度も、いわれるままに、子供を堕ろしたんですから。私は、先生の子供を生みたかった。でも、先生は、許してくれなかった。それでも、私は先生に捨てられるのが怖くて、いわれるままに、恥しさをこらえて、病院にも行ったんです。

それなのに、先生は、私を捨てた。それも野心のために。私は、先生にとって、何だったんですか？

私は、心も、身体も、ボロボロになって、死んで行きます。でも、先生のことは、絶対に許しません。絶対に〉

「小野というのが、ユカさんの愛してる政治家の名前？」

「ええ」

「小野という政治家がいたかしら？」

「正確にいうと、今は、政治評論家なんです」

「じゃあ、小野実行のこと？」

「ええ」

「それなら、有名な政治評論家だわ。ハンサムで、頭も切れるしね。そういえば、彼は、今度の選挙に出るという話を聞いたわ」

「そうなんです」

「そうなの。確かに、こんな手紙が、公けになれば、選挙は、危いわね」

と、直子は、いった。

「だから、何とか、取り返したいんです。二度も子供を堕ろしたって書いてあるけど、私が、脅かされて書いたもので、嘘なんです」

「それなら、取り返さなければ、いけないわ」

「直子さんに、協力して頂きたいの。お願いします」

「どうすればいいの？」

と、直子は、きいた。

「何とか、久保田さんを酔わせて、その隙に、あの手紙を持っているかどうか、調べたいんです。ボストンバッグの中身も、札束かどうか、確めたいんです」

と、ユカは、いった。

「それで？」

「久保田さんは、私のことは、あまり信用していない。それは、直感でわかります。それに私は、酒に弱いから、すすめている中に、自分の方が、酔っ払ってしまうと思うんです。だから、直子さんが、すすめて、久保田さんを、酔わせて下さい。向うも、私より、直子さんの方を、信用しているから」

「いつ、やればいいの？　今夜？」

「明日にして下さい。明日、私の部屋に、久保田さんを招待します。その時、うまく、直子さんが、お酒をすすめて下さると、いいんです。お願いします」

と、ユカは、いった。

「明日の夜ね。いいわ。何とか、やってみるわ」

と、直子は、いった。

「久保田さんの好きなお酒はわかっているので、私が、用意しておきます」

と、ユカは、いった。

6

翌日の夜、ユカの計画に従って、久保田を、彼女の部屋に、招待した。

久保田は、相変らず、ボストンバッグを、自分の傍から、離そうとしない。

ユカは、大胆に、胸元を大きく開けたドレスで、久保田を迎え、

「今日は、嬉しいことがあるんです。多恵を殺した犯人が、わかりかけてきたんです。だから、そのお話しをしたいの」

と、明るい声で、いった。

直子は、用意されたブランデーを、久保田に、すすめた。

ただ、すすめるだけでは、相手が、用心してしまうだろうと思い、自分も飲んだ。

久保田は、酒が強いし、直子自身も、強い方である。

だから、久保田を酔い潰すのは大変だと、直子は、覚悟していたのだが、意外に早く、酔いが、廻ってきた。

いや、酔いが廻ってきたというより、睡魔が、襲いかかってきたのだ。

（睡眠薬を、混入している――）

と、思っている中に、直子の意識が、もうろうとしてきた。

眼の前の久保田の身体も、ふらついている。その久保田に向って、

「ユカにやられたわ――」

といいかけて、直子は、完全に、意識を失ってしまった。

何分たったのか、何時間たったのか、わからない。

意識が戻った時、直子は、自分が、ロープで縛られているのを知った。

傍に、久保田が同じように、縛られて、床に転がっている。

ユカが、二人の男と、直子と久保田を、見下していた。

「眼をさましたのね。十津川警部の奥さん」

と、ユカが笑い、手紙をひらひらさせながら、

「おかげで、この遺書を見つけたわ。もっとも私の遺書じゃないけど」

「ボストンバッグの中身も調べたの？」

と、直子は、ユカを見上げて、きいた。

ユカは、また、笑って、

「それは、必要なかったの。私が渡したお金なんだから。欲しかったのは、この遺書だけ」

「これから、どうする気？」

と、直子は、きいた。

「これからが、奥さんの出番なのよ」

「出番？」

「島崎さん。頭の悪い、この奥さんに説明してあげてよ」

と、ユカは、片方の男に、いった。
四十二、三歳の男だった。
「島崎？」

と、直子は、呟いてから、

「その名前は、聞いたことがあるわ。主人からね。確か、優秀な弁護士さんね。ただ、暗い影が、ちらつくと、主人はいってたけど」

「それは、光栄です」

と、島崎は、ニヤッと笑い、

「そこの久保田は、死んで貰わなきゃならないんだが、ただ殺せば、警察が、うるさい。

そこで、奥さんの出番ですよ。夫が仕事にかまけて、刑事の妻は、欲求不満になっている。それで、つい、遊び人の中年男と関係が出来てしまった。つまり、久保田とね。その関係を清算すべく、二人は、この南紀白浜で、心中するというわけです。十津川警部も、妻のスキャンダルとなれば、思い切った捜査も、出来なくなる。それが、ストーリイでね。これから、そのストーリイに沿って、死んで貰うわけですよ」

「あまり、上手くないストーリイだわ」

と、直子は、いった。

「早くやろう。夜が明けちまう」

と、もう一人の男が、いった。

「あんたは、多分、島崎法律事務所で、働いている人ね」

直子は、落ち着いた声で、いった。

島崎の表情が、険しくなった。

「何を企んでいるんだ？」

と、島崎は、直子を睨んだ。

「何を詰まらないことを、いってるの？」

ユカが、いらいらした声で、島崎を見た。

「いや、この奥さんは、何か企んでいる。その証拠に、ぜんぜん、怯(おび)えていないじゃないか」

「虚勢を張ってるだけよ」

と、ユカは、いった。

「さっさと、やってしまおうじゃないか」

と、若い男が、いい、注射器を取り出した。

「うまくやってよ」

と、ユカが、いう。

「大丈夫だ。これで、三時間は眠ってるから、その間に、どうでも料理できる」

男がいった時、突然、この部屋のドアが、激しく、ノックされた。

ユカや、島崎の顔が、一瞬、凍りついた。

代りに、直子は、微笑した。

「ルームサービスなら、追い返して！」

と、ユカが、短かく、叫んだ。

若い男が、ドアの方へ、歩き出したとき、ドアが開けられ、十津川や亀井が、飛び込んできた。

その後に、三田村と北条早苗も、続いてくる。ドアの傍で、マスターキーを持ったホテルの従業員が呆然としている。

十津川は、ユカたちの顔を見廻して、

「殺人未遂で、逮捕する！」

と、強い調子で、いった。

亀井たちが、呆然としているユカたちを、取り押さえている間に、十津川は、直子の傍に来て、ロープを、解いた。

「少し、遅かったわよ」

と、直子は、文句をいった。

「タイミングを計っていたんだ」

「タイミングって、何のタイミング？」

と、直子が、きいた。

十津川は、ベッドの傍へ行き、その下から、小さな盗聴器を、外して、直子に、示した。

「君と、広田ユカが、五階の温泉に入っている間に、これを仕掛けておいたんだ。これを、聞いていたんだ。連中の殺意が、はっきりしてから、踏み込もうと思ってね」

「盗聴は、違法だぞ！」

と、手錠をかけられた島崎が、わめいた。

十津川は、笑って、

「わかってるよ。これは、私が、個人で、家内のことが心配で、仕掛けたんだ。だから、盗聴器も、自分の小遣いで買ったよ。それに、法廷にも、持ち出さん。しかし、注射器、ロープ、それに、仁科由美の遺書、それが、君たちの犯行を示している。それで、十分だ」

と、いった。

亀井たちが、ユカや、島崎たちを、部屋の外に、連れ出していった。

久保田が、やっと、眼をさまして、きょろ、きょろ、周囲を見廻している。

直子は、腕をさすりながら、

「これで、事件は解決？」

と、十津川に、きいた。

「いや、連中に、全部自供させるのは、大変だと思っているよ。しかし、君のおかげで、何とかなると思っている」

「本当に、私のことを信用していた？」

と、直子が、きいた。

「正直にいうとね。ひょっとすると、本気で、ユカや、久保田を信用しているんじゃないかと思った瞬間もあったよ」

「バカね。私が、あんな連中の言葉を、本当に信じる筈がないじゃないの。信じるふりをして、どう出て来るのか、見てみたかったし、あとは、あなたが、上手くやって下さると、信頼していたのよ」

と、直子は、いった。

十津川は、亀井が入って来て、久保田にも、手錠をかけて、外に連れ出すのを待ってから、黙って、直子に、キスをした。

解 説

縄田一男

本書『南紀白浜殺人事件』は「問題小説」の一九九五年九月号〜九六年八月号にかけて連載され同年九月トクマ・ノベルズの一冊として刊行された、実にテンポの良いトラベルミステリーの快作である。

年譜によれば本書が刊行された九六年は、西村京太郎は一月十日、脳血栓のため自宅で倒れている。幸い回復は早く、数カ月のリハビリで創作活動は再開されたと記されている。三月、長年構想していた昭和初期を舞台とする書下し長篇『浅草偏奇館の殺人』を刊行するなど、病後とは思えぬほど旺盛な活躍を見せ、この年刊行された書籍は六冊に及んでいる。

なお、この年の十二月、温泉治療をすすめられ湯河原に転居している。

本書を読了された方は、この作品がまったくいつもと変わらぬタッチで描かれていて驚かれたのではないかと思われる。流行作家たる西村京太郎の面目躍如と言うべきであろう。

物語の発端は、二通の〝死の予告状〟を受け取ったR建設のＯＬ・広田ユカが突然消息を絶つところから始まる。

同僚の木島多恵が知人を介してこの不吉な嫌がらせの手紙を受け取った悩みを、十津川警部の妻・直子に相談、助力を求めていた矢先の出来事であった。

しかも、ユカは母親の葬儀のため故郷の南紀白浜に帰省したはずだったのだ。南紀白浜へ行くには羽田からプロペラ機のＹＳ11に乗る必要がある。ユカはこの飛行機には乗っておりその先から消息が途絶えたのだ。

ユカの失踪の謎を追って多恵と直子も南紀白浜へ飛ぶ。地元の警察は良心的な捜査をしてくれていたが、皆目、その行方は知れなかった。

二人はレンタカーを借りて直子の「縁起でもないといわれるかも知れないけど」と言う言葉のままに観光名所の三段壁に行ってみる事にした。

ちなみにこの場所は、平安時代、「源平合戦」で源氏に加勢した勇猛果敢をうたわれた熊野水軍の舟隠し場として知られ、荒波の打ち寄せる六〇メートルの絶壁は自殺の名所である。

二人がこの地に行くと、まるで待っていたかのようにユカの好きだったＭＣＭのハンドバッグが見つかり、その中からユカの運転免許証等が出てきたではないか。

一方、東京練馬で起きた殺人事件を追っていた十津川警部は、被害者の近藤真一が〝ゆすりの代筆業〟という奇妙な副業を持っていた事を知る。そして、ユカが受け取った〝死の予告状〟の筆跡と近藤のそれが一致した事から二つの事件は意外な展開を見せる事になる。

十津川はこの事件に危険性を感じ、直子に東京に帰るように諭すが、三段壁の近くでユカの靴の片方が見つかり、さらに木島多恵が失踪してしまう。直子は直子であとには引けないと言う。

十津川の捜査により東京の事件と南紀白浜の事件がつながっている事が明らかになったが、広田ユカのもう一つの顔を明らかにしようとする十津川の前に、政財界の大物たちと関わりのある島崎功一郎という弁護士が立ちふさがる。その真意は奈辺にあるのか。

その頃、南紀白浜の円月島で木島多恵の死体が発見される。

円月島というのは、正式には「高嶋」といい、臨海浦の南海上に浮かぶ南北一三〇メートル、東西三五メートル、高さ二五メートルの小島で、島の中央に円月形の海蝕洞がぽっかり開いていることから「円月島」と呼ばれ、ここに沈む夕陽の美しさはつとに有名である。

ここでは観光客に海女の実演を見せており、その海女が多恵の死体を見つけたのである。そして、ここで疑問となるのは、まるで多恵の死体が見つけ出してくれと言うようなかたちで放置されている点なのである。十津川は、広田ユカの死体さえ見つからなければ、木島多恵の死体はいつ見つかっても構わないと犯人は考えているのか——この矛盾に懊悩する。

この時点では、十津川や亀井も、多恵を殺した犯人と、東京で近藤を殺し、広田ユカを誘拐した犯人とは同一人物だと考えている。

だが、本書がミステリーとしての面白さを遺憾なく発揮するのはここからなのだ。解説の方を先に読んでいる方は、是非とも本文の方を先に読んでいただきたいのだが、犯人の狙いは広田ユカなのか、それとも木島多恵なのか、どちらが自然なのかで、本書の様相は大きく違ってくるではないか。

そして不思議な事に、木島多恵の家族がどこにいるのかわからないという暗礁に事件は乗り上げてしまうのである。

やがて十津川らは、多恵の父親、久保田誠の存在を探りあて、その野心家にも見えるし、大ぼら吹きにも見えるという男の輪郭を次第に明らかにしていく。

もう本当に解説を先に読んでいる方はいませんね。

その久保田は、北陸の温泉町に現われ、一週間、毎日、百万ずつ使い、芸者をあげて大騒ぎだったと言う。

久保田はどこからその金を得たのか。そして娘の多恵とはどうつながるのか。

哀しいかな、友だち思いの一人の女がその善意を利用されて、南紀白浜の地で帰らぬ人となった――本書は十津川夫人の活躍が全面に描かれているため、十津川の怒りはそれほど描かれていないが、その心情には割り切れぬものがあったと思われる。

さて、西村京太郎が死去して一年余が経とうとしているが、この度、初期の本格ミステリーの傑作『殺しの双曲線』（実業之日本社）が愛蔵版として、有栖川有栖の愛情のこもった解説と、八人の論者の推輓を得て復刊された。是非こちらの方もご一読願いたいと思う。

二〇二三年四月

本書は１９９９年10月徳間文庫として刊行されたものの新装版です。
なお、本作品はフィクションであり実在の個人・団体などとは一切関係がありません。

本書のコピー、スキャン、デジタル化等の無断複製は著作権法上での例外を除き禁じられています。本書を代行業者等の第三者に依頼してスキャンやデジタル化することは、たとえ個人や家庭内での利用であっても著作権法上一切認められておりません。

徳間文庫

南紀白浜殺人事件

〈新装版〉

© Kyôtarô Nishimura 2023

2023年5月15日 初刷

著者 西村京太郎

発行者 小宮英行

発行所 株式会社徳間書店

東京都品川区上大崎三—一—一 〒141—8202
目黒セントラルスクエア

電話 編集〇三(五四〇三)四三四九
販売〇四九(二九三)五五二一

振替 〇〇一四〇—〇—四四三九二

印刷
製本 大日本印刷株式会社

ISBN978-4-19-894857-3 (乱丁、落丁本はお取りかえいたします)

徳間文庫の好評既刊

西村京太郎

長野電鉄殺人事件

長野電鉄湯田中駅で佐藤誠の刺殺体が発見された。相談があると佐藤に呼び出されていた木本啓一郎は、かつて彼と松代大本営跡の調査をしたことがあった。やがて木本は佐藤が大本営跡付近で二体の白骨を発見したことを突き止める。一方、十津川警部と大学で同窓だった中央新聞記者の田島は、事件に関心を抱き取材を始めたものの突然失踪!? 事件の背後に蠢く戦争の暗部……。傑作長篇推理!